신춘문예 당선시집
1998

문학세계사

'98
신춘문예 당선시집

김명국 문채인 손택수 송주성 신해욱 여　정
이병욱 이종수 조말선 조은길

'98 신춘문예 당선시집

송주성 ● 경향신문

여 정 ● 동아일보

차 례

문채인 ●매일신문

김명국 ●문화일보

조말선 ●부산일보

이병욱 ●서울신문

신해욱 ●세계일보

이종수 ●조선일보

조은길 ●중앙일보

손택수 ●한국일보

송주성

1965년 부산 출생
건국대 불문과 졸업
현재 건국대 대학원 국문과 박사과정
1998년 경향신문 신춘문예 시 당선
인천시 부평구 청천2동 395－12 뉴월드 그린빌라 1동 B－01호
Tel : (032)526－3176

● 경향신문

나무에는 꽃이 피고

나무에는 꽃이 피고

언젠가 아주 잠깐 살았던 봉천 몇동이더라 집 보러 아니 방 보러 가던 길에서 나는 얼마나 주저앉았는지 모른다 택시 기사는 여기라 하고 가겟집 주인은 돌아서 두 정거장 더 내려가라 하고 하교길 아이한테 물어보면 자기도 이사온 지 얼마 안 돼 모른다고 하던
봉천동 같은
봉천동 같은

여기저기 시장만 해도 닷새장 구포장보담 몇 배나 크던 그 어디어디에 주인집 여자는 암호 같은 단어들로 정약국 돌아 쌀집 옆으로 어떻게 어떻게 오라고 하고
고무줄 뛰던 계집애들은 이쪽인가 저쪽인가 하고 이리갔다 저리갔다 어디가 어딘지도 모를 골목 지나 공터에 섰을 때 그 막막한 한가운데
봉천동 같은
봉천동 같은

나는 생각했다 그때 마치 숨겨져오던 진실을 발견하듯 어쩌면 봉천동 사람들은 제 사는 곳이 어디인지 정말 모르고 있는지도 모른다고 소스라치게 생각했었던 봉천동 같은

여기

고장난 우주 정거장 미르호의 창 밖 같은
문과대학 2층 복도의 창 밖을 내다보면
누구에게 길을 물어서 집을 찾아왔는지
나무에는 꽃이 대문을 열고 쑥 들어온다

나무는 지도를 그린다

나뭇가지의 끝을 오랫동안 쳐다본다
바늘침같이 뾰족한 그 끝에 펼쳐진 하늘
누군가 베어버리지 않는 한
나뭇가지 끝은 뭉툭하지 않다
갑자기 뭉텅 멈추어서
끝을 이루는 법이 없다
한아름 밑둥에서부터 꼬챙이 가지 끝으로
조금씩 조금씩 가늘어지면서
아무것도 없던 하늘에
제 목숨의 한점 끝을 찔러두었을 뿐
나뭇가지의 끝은 비만하지 않고
언제나 바늘침처럼 뾰족하니 그만할 뿐
나무에는 나뭇가지 끝이 하나가 아니며
여럿의 끝으로 비로소 나무가 된다
한 끝을 향해 가다가도
다른 한 끝을 향한 길을 허용하기도 하고
아무것도 없는 하늘을 향해 가는 나무
하늘에 두고 온 뿌리를 찾아 역류하는 나무
나뭇가지 끝을 오랫동안 쳐다본다
수많은 가지들

막다른 길 끝에 들어서서 우두커니
막막한 발끝을 쳐다보던 나무의 기억이
하늘에 판화처럼 찍혀 있는
나무는 지도를 그린다
끝으로 끝으로 가다가 어디쯤에서
다른 가지를 펼칠지 아무도 모르며
어느 한 끝을 대신하여
달리 갈 길을 잡을지 모른다
생각하면, 다들

초행길이었다.

조약돌이 가르치다

—나의 우다나 · 3

저토록 많이 나를 타일렀구나 바람은
주머니 속 숨긴 송곳 같은 마음
달래지 못하여 마을 밖 강둑을 걸을 때도
내 고개를 한사코 돌려 세우며 저토록 많은
마음의 동그라미를 보여준 게로구나 햇살
내가 나를 울부짖게 하려고
나를 손찌검하던 내 속에 겨워
가을을 떠나는 기러기에 마음 주고 올 때도
저토록 오랫동안 나를 타일렀구나 물결
지고 돌아온 세상 소주나발이나 불고 앉아
들꽃 모가지나 움켜 꺾고 있을 때

이 사람아 목숨 주어졌을 때부터 기꺼이 사그라들기를 익힌 것들이네,
돌이 자라나는 걸 보았는가? 두려운가? 이 사람아 둥근 사람아

자박자박 걸음마다 놓치지 않고
돌이 드디어 돌을 버리고 바람 따라 가는 길
자갈 되고 먼지 되고 흙 되어 다시 저 산 되는

돌의 추억들,
돌아보니 긴 길에 가득하구나

運住寺에 비닐봉지가 날다

—나의 우다나 · 1

산이 산 말고는 아무것도 아닌
만산 계곡
지친 새들 제 집으로 날아들고
구름이 지나는 산을 잡아
집 삼아 하룻밤을 보내는
저녁 공양 분주한 경내
흰 비닐봉지 하나
살아 있는 아라한의 讀經소리 쑥 빠져나가 버린
빈 몸뚱아리로
제 몸 하나 받아 섬겨줄
흙 한줌 없이
이리저리 바람 따라 뒹군다
천년이 걸려도 만년이 지나도 그대로 뒹굴
났으되 갈 곳 영원히 사라져버린 외톨이
이리저리 뒤척여 보다가
내 욕심을 훔쳐나 보았던지
내 발목을 휘어감고 애원처럼 부르르 떤다
돌의 발목에 채이며 꽃의 향기에 채이며
온 우주에 비닐봉지 하나 끝없이 뒹군다

丹楓

아버지 벌겋게 취한 얼굴로 돌아보며 우신다.

태항산이면 어떻고 혜산 갑산이거나 아니면 고향땅에 소문난 대로 산도땅 그냥 돈벌러 갔으면 어떠랴 심앙이니 봉천땅 공갈빵처럼 주린 청춘 기차창 너머로 사라지는 압록강과 더먼 산등성이들에게 그냥 소리쳐 울어보고 싶었다던 1924년생 열댓살 떠났다. 백두산 장부의 豪氣歌는 신음보다 더 깊이 가슴에 홍건 적셔진 채 죽을 병 실려 돌아온 고향 다시 몇 년만에 난리통 속으로 아 동무들도 모두들 죽고 떠나고 이제 아무도 남아 있지 않았다던 스물 몇 살 시절의 벌겋게 절여지던 절망 아 어쩌면 좋으랴 희망과 절망에다 생의 반씩을 떼어주고 나이 사십에 낳은 막내놈 남아 부려가는 가을걷이 때만 되면 저렇게,

취한 얼굴로 이승 돌아보며 아버지,

벌겋게 우신다.

그릇, 몰락에 대하여 1

밀린 설거지를 하며
저 江이 그릇같음을 생각한다

산들에 둘러싸인 동네가
사람들이 쏟아져 내리는 만원버스가
半地下의 이 집이
이 房이
내 목숨이
그 무엇이 담겨져야 하는 것
그릇이구나

씻은 그릇들을 포개어 놓으면서
나는 일기 없는 요즘이나 時代 따위를 생각한다

담아내는 일과
담은 것을 버려내는 일
그 틈에서 뒤척이는 그릇은
오늘처럼
눈물인듯
설거지물을 뚝뚝 흘리는데

부엌 쪽창으로 내다보이는 동네 조그만 공터는
생긴 지 불과 며칠만에 잡동사니로 가득하다
채워놓고도 한 켠에는 여백을 두려는 내 욕심이었구나
그릇이 스스로 배를 채울 수 있단 말인가!
비워야만 그릇인 그릇들, 내 살림살이들

그릇은 아무것도 먹지 못하며
江이 제 몸에 흐르는 물을 삼키지 못하는구나

□ 당선소감 · 송주성

인생의 풀리지 않는 무엇을 위한 시쓰기

문학을 만난 지 10여년이 흘렀습니다. 까까머리 소년시절 내 정신으로는 도저히 가늠할 수 없는 큰 세계까지도 나의 '마음' 속에 넣어보려고 몸부림치던 기억이 아직도 생생합니다. 그동안 함께 슬퍼해주고 기뻐해주던 사람들의 모습이 비좁은 가슴에 가득합니다.

문학이 전염병이라는 이야기는 쉽게 동의가 되지 않아도 문학이 일종의 후천성 면역결핍증이라는 이야기에는 공감이 갑니다.

아직도, 무언가 정확히 알 수 없는, 내 인생의 저기 깊은 데서 출렁이고 있는, 슬픔 때문에 혹은 외로움 때문에 시를 쓰고 있다고 저는 생각하고 있습니다. 그것이 언제 끝날는지 모르며 저는 그냥 그것을 바다라고 생각합니다.

저는 어렸을 때부터 사람과 자연스럽게 또는 천연덕스럽게 헤어지는 것을 영 못했습니다. 그게 병이 아닐까 생각했을 때부터 대안으로 떠오르던 것은 언제나 시였습니다. 돌아서고 나면 어디서 터져나왔는지 무수히 쏟아지는 가슴 속의 말, 말들. 때로는 그 말들이 모질고 못나서 우울했던 것이 시에서 벗어나지 못하고 산 저의 세월이었을 겝니다. 80년대에 대학을 다닌, 그래서 청춘의 한쪽에는 항상 무언가 시커멓게 웅크린 눈물이 지워지지 않고 있는 지금의 저는, 80년대 스물 몇 살 시절에 눈물과 목메임과 분노와 떨림으로 어느 민박집에서 깡소주로 불살라버렸던 문학을 다시 쓰고자 합니다. 그것은 다른 무엇 때문이 아니라 저 때문이며, 제 인생의 풀리지 않는 무엇, 슬픔인지 외로움인지 하여튼 그 때문입니다.

변변찮은 시를 뽑아주신 심사위원님들께 감사드립니다. 까까머리 시절 문학인의 꼿꼿함을 가르쳐주신 고향 부산의 이규정 교수님, 청춘의 가파른 언덕에서 문학을 다시 쥐게 하셨던 김영철 교수님과 김형수 시인, 신동호 시인 그리고 여러 문우들에게도 그동안의 잊지 못할 추억과 도움을 기억하면서 새로운 정진을 약속드립니다.

□ 심사평 · 경향신문

시쓰기의 새로움… 그리고 시읽기의 즐거움

예심을 거쳐 결심으로 넘어온 응모작들의 수준이 예년에 비해 높았다는 것이 전체적인 소감이다. 마지막까지 남은 작품은 최성균의 「당숙모의 가을」, 송주성의 「나무에는 꽃이 피고」, 박혜정의 「아버지의 자리」, 한국현의 「1984, 공단도시, 성탄전야」, 길명현의 「과일차 굴러간다」 이상 다섯 편이다.

이 가운데 「과일차 굴러간다」는 화법이 경쾌하고, 발빠른 이미지의 흐름이 주목을 끌었으나 경박하다는 지적을 받았고, 「1984, 공단도시……」는 서사적 구조의 발상이 이채로웠으나 어둡고 무거웠다는 점 때문에, 「아버지의 자리」는 우화적인 화법이 신선하고, 이야기의 재미를 담고 있어 가능성을 인정받았으나 전체적인 틀이 약하다는 아쉬움을 남겼다. 마지막까지 경합한 「당숙모의 가을」은 소외된 농촌의 토착 정서가 절제된 표현으로 그려져 있어 잘 익은 시의 한 전형을 보여주었다. 그러나 이 작품은 우리가 친숙하게 보아왔던 '낯익은 시'의 유형이라는 점 때문에 아깝게 탈락하였다.

당선작으로 뽑힌 송주성의 「나무에는 꽃이 피고」는 시쓰기의 새로움과 시읽는 즐거움이 함께 담겨 있다. 능청스러울 정도의 긴 사설과 호흡이 긴 산문 문장이 시읽기의 즐거움에 전혀 방해가 되지 않는 이미지의 전환장치가 돋보인다. 화자의 삶의 미로와 봄에 찾아오는 꽃의 미로가 서로 오버랩하는 시적 장치가 그것이다. 이 시인에게 거는 기대는 시쓰기의 새로움이다.

심사위원 : 신경림 · 김종해

여 정

본명 박택수
1970년 대구 출생
계명전문대학 경영학과 졸업
시와 반시 문예대학 수료
현재 시나인 동인
1998년 동아일보 신춘문예 시 당선
대구시 남구 대명6동 988－13번지
Tel : (053)653－0420

● 동아일보
자모의 검

자모의 검

혹자가 말하길, 입속은 자객들의 은신처란다. 그들이 즐겨 쓰는 무기는 '영혼을 베는 보검'으로 전해오는 자모의 검이란다. 을씨년스런 날이면 자객들은 검은 말을 타고 허허벌판을 가로질러 어느 심장을 향해 힘차게 달려간단다. 천지를 울리는 말발굽 소리 어느 귓가에 닿으면 그들은 어김없이 이성의 칼집을 벗어던지고 자모의 검을 빼어든단다. 바람을 가르는 소리 한 영혼의 목을 뎅거덩 자르고 나면 자객들은 섬뜩한 미소로 조위금을 전하고 또 다른 심장을 향해 말 달려간단다. 그날에 귀머거리는 복 있을진저, 자객들의 불문율에 있는 '귀머거리의 목은 칠 수 없다'는 조항에 따름이라.

혹자가 말하길, 자모의 검에 찔린 사람들은 귀부터 썩어간단다. 귀가 썩고 뇌가 썩고 심장이 썩고, 썩고 썩어 생긴 가슴의 커다란 구멍으로 혹한기의 바람이 불어대고 수많은 까마귀 떼의 날갯짓이 장대비처럼 내린단다. 그 부리에 생살이 뜯기고 새하얀 뼈를 갉히며 그렇게 순식간에 사라져 버린단다. 그날에 수다쟁이는 화 있을진저, 더 많은 까마귀떼를 불러들임이라.

자객들의 말발굽 소리 요란한 날이면 너희들은 하던 일을 멈추고 두 손으로 귀부터 틀어막고 묵직한 바위 뒤에 숨어 최대한 몸을 낮춰라. 그리하면 자객들이 탄 검은 말들이 너희를 비켜가리니, 자모의 검일망정 결코 너희를 해(害)치 못하리라. 귀 있는 자들은 들어라. 이 말로 더불어 너희가 그날에 '복 받았다' 일컬음을 받을지니, 부디 그날에 너희에게 복 있을진저, 혹자의 말이니라.

모자 속의 산책

모자 속의 겨울은 너무 길다.

겨울 입구—말라깽이가 된 태양이 시퍼런 하늘에 누워 있다. 바람의 호스를 따라 항암제가 흐른다. 머리칼이 몽땅 빠진 나무가 사지를 비틀며 별을 바라본다. 별은 너무 멀리 있다. 까마귀떼가 몰려와서 가지 위에 내려앉는다. 가지는 무거워 몸을 축 늘어뜨린다. 어머니의 눈속에서 노을이 붉어진다. 붉은 노을 사이로 한 여자가 걸어간다. 그녀의 몸은 반쪽이다. 반쪽은 무덤가에 있다. 별이 먹구름에 가려진다.

겨울—벽 벽 벽 벽, 벽이 솟는다. 나무의 키가 점점 줄어든다. 비둘기들도 나무를 외면하고 건물 위에 둥지를 튼다. 다리가 무너진다. 세상 소식이 끊긴다. 길들이 얼어붙는다. 얼어붙은 길 위에 눈사람 하나 놓여 있다. 코도 삐뚤 입도 삐뚤 눈도 삐뚤 삐뚤인 인생이 하나 놓여 있다. 어머니는 두 눈 속으로 나무를 옮겨 심는다. 나무 위에 따스한 햇살이 내린다. 하늘보다 더 푸른 웃음이 쌓여간다.

겨울 출구—목련의 하얀 힘줄이 불거진다. 봄이 하얗게 오려다 주춤주춤 흐물어진다. 흐물어지는 은박 사이로 즉석 복

권의 행운 숫자가 빗나간다. 굵은 햇살이 눈사람의 살을 긁어댄다. 하얀 살에서 투명한 피가 솟는다. 나는 눈사람을 커다란 냉동실에 집어넣는다.

모자 밖의 계절은 지칠 줄 모르고 달려간다. 네 명의 주자가 바통을 주고받으며 여전히 트랙을 돌고 있다.

비가,

비가, 하루종일 내린다, 비가, 사람들의 발목을 자르고, 비가, 사람들의 무릎을 자르고, 비가,

사람들은 모두 어디로 가고, 키 큰 나무들만 머리통만 빠끔히 내밀고,

비가, 키 큰 나무들의 머리통을 출렁출렁 씹어 삼키는, 비가, 고층 빌딩의 허리를 자르고, 비가,

고층 빌딩도, 높은 산도, 출렁출렁 씹히고 씹히는 나날들,

비가, 별을 삼키고, 비가, 태양을 삼키고, 비가, 무지개여 안녕—

어머니와 경비행기

아버지는 기차
어머니는 플랫폼
형은 여전히 기차 여행중

플랫폼에 경비행기 추락
나는 생존자
플랫폼은 복구되지 않고,

비켜가는 기차
구름처럼 떠다니는 플랫폼
나는 아슬아슬한 잎새

잎새를 갉아먹는 아버지

나는 경비행기
그녀는 구름처럼 떠다니는 플랫폼
기차의 속력에 아슬아슬한 잎새, 자지러지는 내 아이

음식 환상

쪘거나 구웠거나
삶았거나 볶았거나
피가 없는 모든 음식에
시체 썩는 냄새 요란하다
(양념으로도 제거할 수 없는)

하얀 시트 위에
붉은 피로 얼룩진 나,
손도끼 하나 들고
이름 모를 밀림을 헤매인다

멧돼지 한 마리 달려간다
좇아가서 손도끼를 던지다
명중시키다
아직 숨이 꿈틀대고 있다

마지막 숨을 몰아쉬며
멧돼지 한 마리 입 속으로 달려온다
이빨의 덫에 걸려 붉은 피 질질 끌고
입가에 선혈의 발자국 남기고

(아, 내 입에 딱 맞는 뜨거움이여!)

밀림이 조그맣게 접히고
내 입에 딱 맞는 음식, 손도끼와 함께 사라진다
긴 식사 시간이 끝나고
배가, 배가 너무 고프다
(실내에는 요리된 음식 냄새가 여운을 남기고)

시체 썩는 모든 냄새에 석유 냄새가 섞여 있다

새앙쥐

내 몸, 어딘가에 뚫린 구멍으로
살금살금 기어든 새앙쥐 두 마리
은밀한 신혼방을 만들고
더블침대에 누워 왼종일 살을 섞는다

송금된 식량으로 허기진 욕정을 채우고
포르노 영상을 따라 체위를 바꿔가며
사이키 조명처럼 토해내는 암컷의 신음소리
—당신의 아기를 갖고 싶어요

부풀어오르는 암컷의 자궁 속
산부인과 분만실이 들어서고
양수를 따라 흘러내리는 아기 새앙쥐떼
철철철 넘치는 그 검은 씨앗들

내 몸, 어딘가에 뚫린 구멍으로
살금살금 기어든 새앙쥐 두 마리
은밀한 신혼방을 만들고
새앙쥐 왕국을 꿈꾸며 지금도 살을 섞는다

크고 헐렁한 옷, 그 뜻을 헤아려

막상, 당선 소식을 듣고 나니, 내 옷이 너무 커져 버렸다는 느낌이 든다. 우선, 이렇게 큰 옷을 마련해주신 심사위원 선생님들께 깊은 감사를 드린다. 그리고 그 뜻을 헤아려 앞으로 살찌우기에 조금도 게을리하지 않으리라. 언젠가 그 옷에 잘 어울리는 모습으로 그 분들을 뵙고 싶다.

지난 몇 년을 돌이켜 보면, 현실과 부딪치지 못하는 나 자신을 만날 수 있다. 투병이 벌어 준 시간을 보내면서 내가 할 수 있었던 일은 책을 읽고 동인 활동을 하는 게 전부였다. 詩에 가까이 가기 위해 나름대로 최선을 다했지만 詩란 놈은 늘 다가가면 다가갈수록 더 멀리 달아나 버리곤 했다. 혼란과 좌절이 거듭됐다. 그냥 그대로 주저앉아 버리고 싶을 때도 많았다. 하지만 그때마다 나를 이끌어 준 따뜻한 손길이 있었다. 시나인 동인, 그들에게 깊은 감사의 마음을 전한다. 혼란과 좌절의 시간을 보내면서 느낀 것은 내 詩가 너무 미흡하다는 것, 그리고 갈 길이 너무 멀다는 것, 그래서일까? 그동안 쓴 詩들을 다듬어 신춘문예에 응모하면서도 아무런 기대도 갖지 않았다. 뜻밖의 소식을 듣고, 솔직히 기쁨보다는 두려움이 앞섰다. 그러면서도 가장 먼저 떠오른 것은 가족이었다. 그동안 마음 고생이 심하셨던 어머니의 모습이 스쳐갔고, 아버지의 모습이, 신춘문예 최종심까지 올랐었던 형님, 그리고 형수님, 누나, 조카인 효민이 소희까지.

많은 분들께 축하와 격려를 받았다. 그 분들께 깊은 감사의 마음을 전하고, 특히 詩作에 많은 도움을 주신 시와반시 문예대학의 강현국, 구석본, 박재열, 세 분 선생님과 문인수, 송종규 선생님, 앞선 기수의 선배님들께도 깊은 감사의 마음을 전한다.

내용과 상상력에 강렬함 배어나와

마지막으로 두 명의 응모자를 두고 논의를 하였다. 김충규와 여정은 각각 대조적인 개성과 장점을 지니고 있었기 때문에 누구의 시를 당선시킬 것인가가 쉽지 않았다. 두 사람 다 시적 역량이 있다고 판단되었다.

김충규의 시들은 안정감이 있다. 응모작 가운데서 「성」「우물」「낙타」 같은 작품들이 돋보인다. 개성적인 상상력을 보여준다는 점에서 다른 응모자들보다 돋보인다.

그러나 김충규의 시들은 내용에 걸맞는 형식을 얻지 못하고 있다는 점이 아쉽다. 산문시의 형식이 전달하고자 하는 의미나 감정의 구조와 잘 어울리지 못하고 있다. 그리고 불필요한 진술들이 언어의 긴장을 해치는 곳이 종종 눈에 띈다.

여정의 시들은 강렬하다. 그 강렬함은 아마도 체험의 강렬함에서 오는 듯하다. 여정의 시들은 형식이 오히려 서툰 것처럼 보이지만 그 익은 내용으로부터 자연스럽게 형성된 것이다. 「음식환상」이나 「비가,」 같은 작품들이 특히 그러하다. 언어나 형식에 대한 성실한 천착이 부족한 듯하면서도 내용과 상상력이 언어나 형식을 압도해 버리는 측면이 있다.

한편 한편의 완결성과 안정감을 취한다면 김충규의 시가 앞선다. 반면 시적 인상의 강렬함이라는 면에서는 여정의 시가 앞선다. 단 한편만으로 뽑는 신춘문예의 속성을 고려한다면 「낙타」를 뽑아야 했을 것이다. 그러나 심사위원들은 여정의 시에서 좀더 많은 가능성을 보았다.

여정이 당선된 이유의 대부분은 「자모의 검」에서는 잘 드러나지 않는다.「자모의 검」한 편만으로 판단하지 말고 여정의 다른 작품 또는 앞으로의 활동을 지켜봐주기를 부탁드린다. 당선자의 문운을 빈다.

심사위원 : 최승자 · 이남호

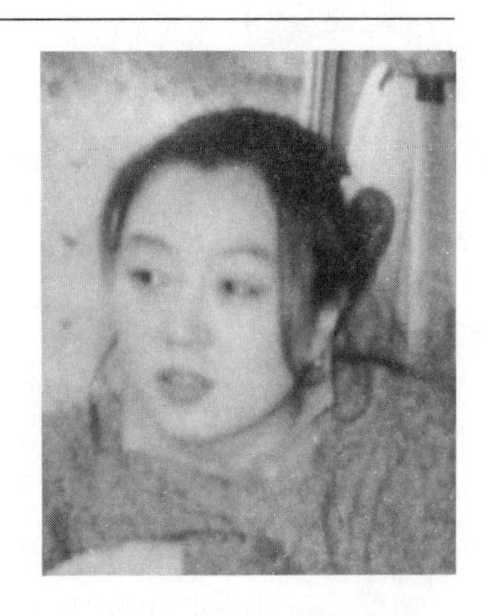

문채인

본명 문성해
1963년 경북 문경 출생
영남대학교 국문과 졸업
대구 시인대학교 수료
1995년 대구일보 문예 동화 당선
1998년 매일신문 신춘문예 시 당선
대구시 수성구 범어4동 117－13 10/2
Tel : (053)755－4052

● 매일신문

공터에서 찾다

공터에서 찾다
—공터에서 페트병을 물어뜯는 개를
본다, 나의 턱뼈가 얼얼해짐을 느끼는 저녁

뭐 이렇게 질긴 고기가 다 있을까
좀체 속내 보이지 않는 것이 의뭉스런 애인 같다
어딘가에 분명 뼈를 감추고 있을 거야
고기의 진미 희망의 정수 아아,
뼈다귀를 향하여 나아가는 일이란 대로에서
진종일 어미, 누이와 붙어 있는 일보다
은밀하고도 즐겁게 느껴진다

페트병 한 개와 물고 뜯는 시간, 나는
이것을 단순해지기 위한 노력이라 부른다
썩은 고깃덩이로 던져진
이 도시에서 단단한 무기질의 희망
얻기가 그리 쉬운가
누르기만 하면 입발린 언약들
당장이라도 쏟아내는 자판기들아

웃을 테면 웃어라
욕창이 번진 몸에 비명까지 지르는 이 물체는
이제 고기가 아닐지도 모른다 그러나
의심은 더욱 식욕을 부풀리고 나는

이것을 기꺼이 먹기로 작정한다
완강하던 페트병에 드디어 금이 가고
텅빈 속살 들여다본 순간, 나는
속았음을 직감한다

어둠 속을 휘적휘적 걸어갈 때
앗! 저기 또 푸른 슬리퍼 한 짝이……
내 야성의 턱뼈를 긴장시키고 있었다

지붕 바라보기

햇살의 벗겨진 정수리를 밟으며 사내는 능숙하게 지붕에 오른다 헐벗은 어깨 서로 감싸며 기와들이 웅성거린다 맨처음 사내는, 누군가 실수로 밀어올린 배드민턴 공과 화석처럼 굳어버린 새똥 같은 지붕의 누추와 집착의 무게를 하나씩 벗겨나간다

그 위에 푸른 페인트를 듬뿍 붓는다 어떤 추억의 그림자도 뚫고 나오지 못하게…… 가끔씩 튀어오르는 상념들은 작업복을 붙잡고 늘어지지만 곧 심드렁하게 탈색되어 갈 것이다 갑작스런 변화에 몸을 떠는 지붕, 천천히 사내는 지붕을 달랜다 삐뚤어진 기와 바르게 누이고 구멍난 자리도 빈틈없이 막는다 상처에 연고를 바르듯이,

아린 새살이 바라볼 하늘을 훔쳐본 듯 사내의 두볼이 환해지고 있다 해가 지도록 작업은 계속되고 어느덧 나는 깨진 무릎의 상처 위로 스물거리는 새삶을 예감하고 있었다

몸

몸은 쥐어짜봐야
각설탕 하나만큼의 당분과
닭장 하나 칠할 수 있을 정도의 석회질과
장난감 카메라 플래시 한 방 터뜨릴 칼륨과
감기약 일회분 정도의 마그네슘
성냥개비 2200개를 만들 수 있을만큼의 인과
비누 일곱 장을 만들 수 있는 지방으로
기껏 이루어져 있다는데
어디에서 오는 것일까
캄캄하게 앞산을 가로막는
이 그리움의 질량은

훔쳐보기

외로움이 목젖까지 찰랑거리면
목욕탕을 들여다보게 된다
식구들 모두 잠든 밤
꿈을 훔치러 온 도둑처럼
살금살금 은빛 스위치 올린다
비앙카, 후로랄, 발삼향이
쿰쿰한 생활의 때를 지우고 있는 그곳에는
내 마음보다 더 많은 구멍이 뚫린 스펀지와
눈물과 콧물 뒤범벅인 채 축축히 걸려 있는 수건들
말갛게 헹군 내일의 얼굴 닦아주기 위해
안간힘으로 말라가고 있다고 속삭인다
시간의 손바닥 안에서
통통하던 비누들 조금씩 수척해가고
오늘 아침 자리 이탈한
타일 하나의 공간이
남은 타일들 불안에 떨게 한다
세상에 완전한 절망이란 없는 법이라며
내 슬픔 웃도는 고통
늘 발견하려드는 나는,
후줄근해진 외로움

똘똘 말아 빨래통에 던져 버리고
푸른 눈물 똑똑 흘리는 수도꼭지도
힘껏 잠궈버린다

비디오를 보는 시
—영화 〈광란자〉를 보고 나서

1

세상의 음지를 벽으로 살아가는 사람들을 보셨는지, 오늘밤 나는 한 편의 영화를 시로 옮기려 한다

2

화면을 뚫고 나오는 신음소리, 여관은 어느새 밤으로 가득 찬다

붉은 입술 : 내가 맘에 드나?
가죽 점퍼 : 조금……
어디서 왔나?
붉은 입술 : 화성에서……
가죽 점퍼 : 잘됐군, 아직 화성인과는 사귀어보지 못했는데

점퍼를 벗는 남자와 그의 뒤에서 비스듬히 담뱃불을 당기는 붉은 입술, 사이렌 소리 거울 속으로 다급하게 뛰쳐들어온다

3

PAUSE를 누르고 습작 노트를 펼치니, 웃통 벗은 사내들이 실타래처럼 얽혀 있다 적게는 문맥을, 크게는 적당하게 균

열된 내 상상력까지 끈끈한 타액으로 녹게 할 기세, 나는 웅크린다 내 몸이 젖지 않도록

4

영화 속에서는 또 의문의 살인사건이 일어나고 범인을 쫓는 알(알 파치노), 나는 호모 클럽에서 미친 듯이 춤추는 그의 머리 위로 붉은 방점을 친다 그러나 호모가 되기엔 잃는 것이 너무 많은 알 :

더, 더이상 못 참겠어요,
내, 내가 이상해지는 것 같아요

알은 구름듯이 행간을 뛰어내려간다 나는 펜이 마르기 전, 퀭한 눈동자로 그를 다시 불러낸다

5

노래가 흐르는 숲속,

번인(붉은 입술의) : 내가 맘에 드나?
알 : 물론, 방은 있겠지?

범인 : (화가 난 듯)있지만 지금은 안돼, 저 굴속은 어때?

캄캄한 굴속 같은 문장, 나는 범인과 알을 혼동하지 않기 위해 바짝 긴장한다

범인 : 얼마나 큰가?
알 : 파티할 정도는 되지

아랫도리를 홀렁 까내리는 알의 이빨이 영감처럼 지나간다 천천히 바지를 내리는 범인 얼굴이 창백한 애인 같을 때, 일순 번뜩이는 빛, 예감…… 가슴이 찔린 범인과 함께 조금씩 미끈거려오던 나의 등줄기도 노랗게 타들어가기 시작하고 아아, 아직 푸른 문장이 오려면 멀었음을 알아챘다

빈 집

누군가 대문을 열라치면 털을 바짝 세우고 긴장한다 이웃한 집들 잦은 웃음으로 기둥뿌리가 점점 굵어갈 때 일상에서 조금씩 조금씩 달아나는 집 날마다 무슨 일 꾸미는지 벌레와 새들 문지방이 닳게 들락거리는, 언젠가 눈먼 도둑 하나 꿈틀거리는 담을 넘다 기겁했다는, 지난 밤 폭풍우를 견디고 넉넉한 햇살 아래 졸고 있는 그 집을 들여다보는 즐거움이여 간혹, 눈앞 가로막는 추억에 앞발 몇번 흔들어보다 쩝쩝 입맛 다시는 커다란 암코양이 같은 집 언제 낳았는지 작은 새끼들 잔뜩 거느리고 오늘은 낡고 헐벗은 내 마음을 환하게 들여다본다 울타리 안의 것이라면 잡초 하나 버리지 않고 살찌우는, 빈집 한 마리 내 마음 속에 풀어놓고 싶어진다

□ 당선소감 · 문채인

시의 혈관까지 흐를 수 있다면

산사를 내려와 회북까지 걷는다. 무릎을 넘는 눈길 위로 한 뜸씩 경계선이 놓여진다. 산사의 생활은 일주일 만에 포기되었다. 애초부터 이 행로가 순수하지 않았던 탓도 있었으리라. 자주 꿈결에 목이 메었고 자리끼에는 노오란 문장 한 줄 담겨 핼쑥해져 갔다. 어제는 태어나서 처음으로 참선이라는 것을 했다. 햇살 한 톨에도 몸을 떨며 탈색해 가는 문종이를 보며, 그동안 유리의 반사신경으로 세상이 주는 햇살을 되쏘아보냈던 거나 아니었는지 반성한다. 마을은 좀체 나타나지 않았다. 돌아보면 상처로 뒤척이는 길, 내가 남긴 경계선은 음지 양지로 갈라서서 오래 시위할 것이다. 그러나 계절이 바뀌면 내 검은 발자국들 소리 소문 없이 녹아 길과 길을 잇고, 종래는 계절을 멈추지 않는 물관을 오래 장악할 것이다. 이대로 시의 혈관까지 흐를 수 있다면…….

만년 응석받이인 저를 아껴주시는 분들에게 제일 먼저 고마움을 전합니다. 태어나서 지금까지 눈물과 한숨으로 뒷바라지해주신 부모님, 뿔뿔이 흩어져 있는 나의 피붙이들, 언제부턴가 내 졸작의 팬이 되어주신 사장님과 〈목요시〉 동인들 그리고 덜렁대는 나의 글을 탓하시던 박윤배 시인께도 머리 숙여 감사드립니다. 미천한 글을 뽑아주신 매일신문사와 심사위원님들께 앞으로 좋은 글로써 보답드릴 것을 약속드리며 눈치 보지 않는, 거침없는 시의 길로 맨발로 걸어가겠습니다.

□ 심사평 · 매일신문

범상치 않은 시선과 능숙한 어법

새로운 예술가가 등장할 때마다 우리는 그의 눈을 통해 여지껏 눈치채지 못한 삶의 면목들을 바라볼 수 있게 된다. 이번 신춘문예 시 응모작들을 대하면서 심사자들이 기대한 것은 바로 그 새로운 안목이었으며 우리의 기대는 과연 어긋나지 않았다.

예심을 통해 올라온 시들 가운데 마지막까지 남은 시는 「메주」(이재춘)와 「공터에서 찾다」(문채인)이었다. 조용한 목소리로 일상적 삶의 변두리에서 버림받은 것들을 불러내고 그것들로부터 의미와 깨달음을 이끌어내는 「메주」의 시인은 타고난 눈썰미와 오랜 연마를 짐작케 한다. 다만 그가 보여주는 안목이 크게 새롭지는 않다는 아쉬움을 남긴다.

무엇보다 이번 심사의 큰 즐거움은 「공터에서 찾다」의 뛰어난 시인을 찾아냈다는 데 있다. 또 한편의 수작 「지붕 바라보기」에서와 같이 이 시에서 시인은 범상치 않은 시선과 능숙한 어법으로 황폐한 세기말 풍경을 보여준다. 그는 현대 도시에서의 공허한 삶을 페트병을 물어뜯는 개의 절망적이고 끈질긴 몸부림에 빗대서 표현하는데, 그 표현 방식이 또한 어찌나 절망적이고 끈질긴지 독자는 아연 긴장하지 않을 수 없다. 이 시의 행과 행 사이에 스며 있는 그 팽팽한 긴장은 단어 하나하나에 중층적 의미를 부여하며, 자칫 도를 지나친 절망이 상투화되는 것을 막아준다.

이제 한 뛰어난 예술가가 끝끝내 애초의 긴장을 유지하기를 기대하자. 한번 길들여진 오리가 다시 들로 돌아가기란 꽤나 어렵기 때문이다.

심사위원 : 오생근 · 이성복

김명국

1972년 전북 고창 출생
군산대학교 국문과 졸업
1997년 광주 매일 신춘문예 시 당선
1998년 문화일보 신춘문예 시 당선
전북 고창군 대산면 중산리 미동 105번지
Tel : (0677)62－8500

● 문화일보

대숲이 있는 작은 마을

대숲이 있는 작은 마을

시리도록 투명한 햇살이다
눈길 닿는 곳마다 깨진 사금파리들이
은빛의 언어가 되고
아침해가 떠서 저녁해가 질 때까지
강물은 잔잔하다
아침 마당에 빨랫줄처럼
늘어진 햇살을 칭칭 감아 올리던
나팔꽃눈들이 보랏빛 물방울을 터뜨려 놓았다
풀끝에 이슬을 손톱으로 톡톡 건드려
밤새 오므렸던 채송화 꽃송이를 부끄럽게 벌리면서
고요한 하루가 시작된다
봉숭아꽃들이 줄을 지어 늘어진 마당 한귀퉁이
민들레가 피었던 산밑 방죽에서부터
들판 안개가 살며시 밀려나간다
나는 깊은 숨을 들이마셨다가 내쉬곤 한다
울창한 수목들로 빽빽하게 들어찬 숲 오솔길
잎이 푸른 한 그루 상수리나무가 되고픈 시절이 있었다
가지를 떠난 새들이 어디론가 훽 날아갔다 날아오기도 하면서
풍성한 아침 햇살을 풀어 놓은 채
개울물이 낮은 돌그림자를 건드려

작은 여울을 이루는 것을 보았다
물흐름 소리가 좋아,
조용히 지느러미를 너울거리며
고기떼가 납작한 돌틈 나뭇잎새 사이로
날래게 몸을 감춰 숨어드는 것을 보았다
나는 고요한 강 언덕까지 나가본다
나무등짐 하나 가득히 지고
노루목께를 내려오는 산나무꾼처럼
털끝에 이슬이 묻은, 검은 까마귀떼 깃털이 떨어져 있는 외길목
당산나무 그림자에 탑처럼 선다
줍지 않은 논바닥 진흙땅에 박힌 이삭과도 같이
하늘 우물에 빠뜨린 눈썹 몇 개쯤 아득히 잊고
갈수록 빛이 나는 저 억새풀밭에 억새꽃이라든가
갈대가 바람에 몸을 꺾는 들판
후두두 잎 턴 싸리나무가 기러기 울음에 젖을 때
마음의 장작에 불씨 몇줌 꺼내 노을을 지피고
감나무, 그 붉디붉은 전설이 까치밥으로 영근 대숲마을에서
나는 동면하는 산짐승마냥 신 겨울을 나고
이른봄의 햇살로 다시 태어나리라.

나도 가끔은 밤나무가 되고 싶다

—귀소(歸巢)

마음이 하늘처럼 순해지는 때가 있다.
그럴 때 숲길을 간다 나도밤나무숲을
혼자라도 괜찮다 등바닥이 아프게 탁
후려치지 않아도 나는 토란밭이 있던 자리 들깨밭이던 자리
상수리나무 상수리열매를 달고 있다가 때가 되어
상수리알을 놓아준 자리
내 유년의 텃밭이던 사람들에게 기도한다
이 저녁 듣는다 마른 솔잎이 내리려는지
깃을 치며 새가 가지에 옮겨 앉는 소리를
아직 따뜻한 체온이 남아 있는 산비둘기 깃털 하나,
가볍다 저녁은 일찍 뜬 밤별 같다
소금기 가득찬 눈물샘 비벼,
그 누군가를 사랑한다거나 당신이 가장 아름답다는
그런 말을 굳이 속삭이지 않아도 허락될 것 같은
저녁이다
마음이 하늘처럼 순해지는 때가 있다
그런 순한 목숨들이 남아 있기에
하늘은 노을을 장식하고 추수를 끝낸 들판에 종소리를 울리고
사람들을 집으로 돌려세우는 거다

강 깊어지려는지 물결 잔잔하다
누가 뭐래도 아름다운 시를 가슴에 받고 돌아오는 저녁,
나뭇잎 하나가 빈 마당을 굴러
길으러 갈 새벽 우물길을 쓸어놓았다.

내 고향 시골 빈 집

뒤안 살구알이 떨어져
아무도 줍지 않네
새들만 대수풀에 지저귀다 가네
부르면 돌아설 듯 가까운 곳에서도
멀지만 늘 곁에 서 있을 것만 같은 당신,
볼수록 다정스런 산이었구나.
그리하여 시인이란 태어나는 것
훅 불면 날아가버릴 듯한 민들레 홀씨라든가
문밖 감나무가 섰던 자리
키가 작아 밟히기를 잘 하는 채송화라든가
초록물이 뚝뚝 떨어질 것만 같은 포도 잎사귀며
헛간에 가지런히 세워 둔 쇠스랑이며 삽, 괭이, 호미, 낫, 당글게까지
더 먼 해에는 돼지우리며 닭둥우리가 있던 자리
저녁 산자락이 내린 안마당과 물푸레나무 자란 냇가
소금쟁이, 쇠똥구리, 반딧불도
떡갈나무, 상수리, 감나무, 살구나무 그늘도
빗소리처럼 감꽃이 털리던 밤에
먼데 불빛이 모여 반짝이는 눈시린 강물과
아침 바다에 나가 죽어버린 풀벌레까지

내 가슴이란 가슴에서 슬프고 뭉클한 것들이 만져질 적이며
차고 쓸쓸한 것이 눈시울을 타고 흐를 때
마음은 참 불때던 아궁이 자리처럼 포근하구나
내 고향 시골 빈 집.

무화과잎 꺾어

당신이 오시리라곤 생각지도 못했어요
그냥 아침 무렵 참새떼가 지저귄다고만 알았을 뿐,
물꼬를 보러 논두렁에 섰을 때
한 자나 자란 벼포기들이 등과 어깨를 맞대고서
바람에 곱게 물결쳐 오는 것을 보았어요
강물 앞에 내가 섰을 때
늘 한발자국씩은 걸음을 늦추게 하지만
흙 묻은 삽을 씻고
무논에 가둔 하늘이라든가
강물에 띄운 나뭇잎이라든가
더러는 들꽃을 보며 다정스레 앉았다가
너도 사랑을 가졌구나
그러니 그렇게 손끝이 따스한 거지
더 주고 싶은 마음이 그렇게 머뭇거리게 하는 거라며
앞산이 고개 끄덕이면
쓰러진 풀들이 몸을 일으켜
잎잎에 맺힌 이슬방울 텁니다
강물 위에 펼친 안개 걷힙니다.

마음은 강물 되어

소리없이 마른 잎 져 내리는
가을이거든
그리운 이여
저문 들길을 걸어서 오라
오래 그리움에 야위어진 채
강물은 흘러가고
더 이상 슬픔일 수 없는
우리들의 생이 빛나는 그곳,
들꽃은 잠시 강가에
생시로 피었다가
저기 부서지는 은빛 강물결 같은
수만 송이 눈꽃으로 져 내릴
그대 생의 강가에서
자꾸만 그리움 하나로
나를 따르는 강물이 있다.

강가에서

참 많이도 쓸쓸했던 세월을
강물은 흘러
가슴에 채곡채곡 쌓아두지 못하고
다시는 되돌아올 수조차 없는 아득한 곳에
가물거리는 안개를 풀어놓은 채
강기슭 모래알만큼이나 많은 별은 떴나니
축축하게 대지의 옷깃을 적시며
단내로 흘러가는 강물이여
상처는 깊을수록 투명하구나
모두 떨어져 나간 나뭇잎으로
한동안 말도 잊고 시퍼렇게 멍드는 가을,
목까지 차오른 숨을 삼키며
거울 같은 강을 찾아
눈이 커서 슬픈 노루나 민들레꽃의
이런 순한 이름들을 생각하며 건나니
아직 가닿지 못한 먼 곳 집채만한 짚벼눌이나
햇살이 겨울의 흔적을 잘게 부수는
들녘 끝까지 바라보며
올라서기가 무섭게 하강을 준비하는
부드러운 곡선의 바람처럼

나는 뜨거운 그대 안을 적셔 흐르는
강물이고 싶어라.

허물어지지 않는 고향을 노래할 터

뜻하지 않은 당선 소식을 전해 듣고 얼마나 마음이 수선스러웠는지 모릅니다.

들뜬 마음을 겨우 진정시키고 오랜만에 책상 앞에 앉아 지난날들을 돌이켜보니 무엇보다 부끄러운 마음이 앞섭니다.

모든 것이 부족하기만 한 나에게 글쓰기를 허락한 문화일보사와 힘들여서 읽어주셨을 두 분 유종호, 김광규 선생님께 고개 숙여 감사드립니다.

그리고, 어렵기만 했던 지난 한해를 인내하며 잘 살아준 식구들께도 작은 선물을 할 수 있어서 기쁘고, 나에게 처음 시를 가르쳐 주었던 고향마을의 자잘한 풀꽃에서부터 마을사람들 모두에게도 나의 시를 들려줄 수 있어 기쁩니다.

오늘은 오랜만에 들길을 걸어보고 싶군요. 고향이 내 마음 속에서 허물어지지 않는 한 고향을 노래하는 일은 그치지 않을 것이므로. 열심히 살고 열심히 쓸 것을 다짐하면서 당선에 대한 변을 마칩니다.

□ 심사평 · 문화일보

정체성을 확인시켜주는 시편들

예선을 통과한 작품들 가운데서 본심의 마지막까지 세 사람의 응모작품이 남아서 기량을 겨루었다.

조정씨의 「겨울옷을 정리하며」 외 7편은 생활의 현장에서 겪는 일상의 체험을 소재로 삼아서, 현실과 상상이 부딪는 소실점에 상당히 접근하고 있으나, 거기서 일어나는 불꽃의 힘이 약했다.

강위성씨의 「달력 속에는 기차가 있다」 외 21편은 삶의 구체적 현실을 열거하면서 놓치기 쉬운 문학적 인식의 순간들을 포착했다. 다만 그것을 너무 산문적으로 서술하여, 시로서의 약점을 드러내고 있다. 물론 산문적 기법을 도입하여 시의 진술방법을 확장할 수도 있지만, 비록 산문시라 할지라도, 거기에는 시로 승화되는 압축과 절제의 미학이 있어야 한다. 무엇을 다루느냐에 못지 않게, 어떻게 쓰느냐에 대한 엄격한 자기수련이 있어야겠다.

김명국씨의 「국밥 한 그릇」 외 7편은 향토의 서정을 노래하고 있다. 소위 세계화 시대를 맞이하여, 한민족의 전통적 문물이 사라지고, 고향산천까지 풍경이 달라져가는 오늘날, 새삼 우리의 정체성을 확인시켜 주는 시편들이다. 특히 「대숲이 있는 작은 마을」은 하루와 사계절이 교차하는 짜임 속에 우리 시골의 자연스런 정경과 시적 자아의 내면적 관조가 잘 어울리고 있다. 서양문화의 범람 속에 잊혀져가는 우리 나라의 꽃과 나무, 숲과 개울, 마을과 들판을 흙냄새 나고 물소리 들리는 언어로 되살려 한 폭의 한국화처럼 친숙하게 형상화했다. 함께 보낸 다른 작품들도 차분한 솜씨와 고른 수준을 갖추고 있어서, 이 작품을 당선작으로 뽑는 데 힘이 되었다. 그런데 전국이 도시화되고, 세계가 지구촌으로 좁아지고 있는 오늘의 현실 또한 외면할 수 없으니, 당선자는 앞으로 행여 관념적 산수화 같은 작품 일변도로 기울어지지 않도록 노력해야 할 것이다. 당선자에게 축하의 박수를 보내며, 아울러 정진을 기대한다.

그리고 아깝게 탈락한 응모자들 가운데서도 앞으로 틀림없이 시인으로 탄생할 사람들이 많이 있으리라 확신한다.

심사위원 : 유종호 · 김광규

조말선

1965년 경남 김해 출생
동아대학교 불문과 졸업
부산문학 동인회 회원
1998년 부산일보 신춘문예 시 당선
부산시 금정구 구서2동 우성아파트 9동 703호
Tel : (051)518-0315

● 부산일보

폐가

폐가

안채의 주인은 어둠이다 입구마다 봉인되었던 빛은 밀려나고 한때 문지방 너머로 쓸려나가던 어둠의 자물쇠가 비명을 지른 이후 집의 내력을 말하는 문짝이 떨어져나간 방문의 검은 입 어둠의 검은 혀가 끊임없이 널름거린다

희망을 끓여내던 밥상에 두꺼운 먼지가 차려지고 둘러앉은 어둠은 말한다 이제 우리가 갈 길은 폐허 쪽이다 꿈이 빠져나간 자리에는 절망이 빠르게 교체되고 희망을 떠받치던 대들보는 오랜 골다공증에 허리가 휜다 손가락만 움직여도 관절 구석구석 추억이 삐걱이는 저녁

폐허는 익는다 감나무 붉은 열매가 절망을 익힌다 추녀 아래 필라멘트 끊긴 백열등으로 더 이상 이승의 꿈은 송전되지 않고 세상의 빛으로부터 밀려난 어둠은 도처에 흘러넘친다 죽은 이들의 인광처럼 달개비 푸른 꽃 발광하는 몰락의 시간 으깨어지는 한쪽 어깨로 달빛도 무겁다

만리포 모텔

살갗이 벗겨진 회벽이 썬텐을 하고 있다 선글라스를 낀 이층 창문은 종일 열리지 않았다 그 방은 빈털터리 바다를 한번도 받아주지 않았다 만리 밖에서 달려온 바다는 그 눈동자의 삼분의 이쯤 차오르다가 스러졌다 서쪽으로 난 창문은 절망할 때만 불타올랐다 저녁 여섯시 근처 임종 직전의 해가 그 창에서 바다를 바라보았다

밤새 바다는 생살 한 접시를 저며놓고 내게 건배하였다

와이퍼가 차창을 닦는다

와이퍼가 차창을 닦는다 비에 젖은 길을 닦는다 젖지 않는 세상으로 차는 달린다 비는 차보다 빨리 달린다 먼저 달려간 세상을 와이퍼가 닦는다 점점 낮게 깔리는 비구름을 닦는다 다시 젖는 세상을 차는 지나친다 와이퍼는 그 자리에 있고 비는 달린다 차는 생의 중심을 넘지 못하고 빗속으로 깊숙이 들어간다 아무리 닦아도 마른 세상을 향한 표지판은 젖어 있다 와이퍼가 젖은 세상을 닦는다 잠깐 닦여진 틈을 골라 슬픔은 달린다

소주

투명한 처녀의 마개를 땄다
첫경험의 짧은 신음이 있은 후
잔을 채웠다
잔이 차오를수록
환하게 열리는 세상
엄지와 검지만으로 가볍게
들어 올렸다
목을 젖히고 문을 열었다
그녀의 독한 순수에
증류되지 않은 세상이 비틀거렸다

우 기

피아노 교습소 앞에서 쇼팽이 비를 맞고 있다 비바체의 십육분음표들이 빗물에 떠내려간다 네거리에서 망설이던 장마전선은 이제 시속 백오십킬로로 달린다 고압선이 어딘가로 빗방울을 전송한다 둥근 세상이 빗방울에 갇혀 있다 젖은 소식을 수신한 세기말의 오후가 홈통을 타고 흘러내린다 첨단의 꿈이 바닥으로 흘러내린다 한 며칠 햇살은 줄무늬 커튼을 걷으러 오지 않았다 곰팡이꽃 만개한 벽, 플러그 끝에서 젖은 세상이 범람한다 사각의 브라운관이 넘치는 세상을 퍼담고 있다

오징어

가벼운 터치에도
오그라드는 자폐증에 꼬치를 꿰어
빛 한가운데로 매달아 줄래

나를 유혹한 빛을 위해
물컹한 내 생을 갖다 바칠께

나를 따라온 바다는
하얗게 목이 타들어간다

젖은 추억이 조금씩 증발하고
극에 달한 고통은 박제된다

평생 미궁 속을 헤맬 수밖에 없었던
다족적인 슬픔을 한 가닥씩 찢어
질겅질겅 씹어 줄래

열 가닥 내 반역을 북북 찢어 발길래
배를 갈라
뼈대 없는 족보를 들어내 줄래

삶의 주름을 아름답게 접어 넣은 시를 쓰고자

시를 쓴다고 모였던 더운 여름이 있었다. 우리가 '도심'에서 뿜어내었던 열정과 절망, 기쁨과 고통으로 도시는 섭씨 사십도에 가까웠다. 우리가 경작하는 시의 나무들은 각양각색이었다. 그러나 기꺼이 함께했던 농업. 지금 겨울숲은 헐벗었다. 잎 진 가지에 가끔 떠나기 좋아하는 새들이 열려 있을 뿐. 아, 저 나무의 이름이 무엇이더라, 갈참나무던가 졸참나무던가 너도밤나무던가 가까이 들여다보면 서로 다른 성질에 주름살의 폭이 다르다. 억지를 쓰지 않고도 삶의 주름을 아름답게 접어넣은 시를 쓰고픈 소망이 있다.

시를 생각하면 가슴이 뛰었다. 그것이 사랑인 줄 착각하고 매달려왔다. 한때는 짝사랑이 깊어 들끓는 관념으로 그를 대했다. 그 고통의 지리멸렬함. 결별을 고했을 때의 슬픔 또한 만만찮았다. 끝장이라고 생각하면 또 그리운 그의 마력, 이제는 지루한 이 길을 함께해야 한다.

고마운 분들이 너무 많습니다. 송원집 해물뚝배기에 정이 넘치는 동인들, 언제나 따뜻하게 격려해주시던 박문하 회장님, 시뿐만 아니라 생활까지도 갈기갈기 나누었던 경자씨 영신씨 모두 고마워요. 내 시의 무거운 관념을 내려놓게 하고 언어미학의 묘미를 맛보게 해주신 하현식 선생님, 부족한 글을 선해 주신 심사위원님과 부산일보사에 감사드립니다. 틈틈이 넓은 세상의 길 위로 여행을 떠나게 한 남편에게 누구보다도 고마움 전합니다.

살갑고도 당찬 詩

예심을 거친 20여 편을 놓고 심사 숙고 끝에 엄선하여 마지막까지 남은 작품은 「폐가」「칼칫재」「둥근 것은 아름답다」「법성포에서」「서정리로 가는 길」 등 다섯 편이었다. 치열한 경쟁을 뚫은 작품답게 모두 일정한 수준을 상회하고 있어 그 우열을 가리기가 쉽지 않았으나, 「둥근 것은 아름답다」는 범상하지 않은 참신성에도 불구하고 다소 사변적인 노출 때문에, 「서정리로 가는 길」은 이국정서를 얼개로 한 서정성이 너무 소품적이라는 이유탓으로 먼저 탈락하였다.

남아 겨룬 세 작품을 두고 선자들은 고심을 거듭한 끝에 다음과 같은 결론을 얻어 「폐가」를 당선작으로 결정하기에 이르렀다.

먼저 「법성포에서」는 공감각적 이미저리나 서정적 연속성이 한 편의 수채화를 보는 듯한 깔끔함이 돋보였으나, 그에 값할 만한 무게나 깊이가 모자란다는 것이 지적되었고, 다음 「칼칫재」는 연작 형태의 산문시로 생활의 애환과 토속적 정서가 다양하게 어우러져 살아 있는 반면에, 또 그만큼 이야기가 풀어져 긴장감이나 압축력이 약하다는 흠이 지적되었던 것이다.

당선작 「폐가」는 두 작품의 장단점을 모두 보완하고 있는 듯한 작품성을 지니고 있으면서도, 언어를 다루는 능력이나 세계를 보는 눈이 대단하면서도 당당하다. 어둠과 폐허를 정공법으로 직시하면서도 역설적인 빛과 희망을 따뜻하게 깔고 있다. 그래서 살갑고도 당차다. 어둠이 없으면 빛이 없고, 폐허가 없으면 희망도 없는 법, 절망을 더욱 절망하는 곳에 역설적 소망은 자란다. 당선작과 함께 보낸 그의 다른 작품들의 수준까지 참작해 볼 때, 신인으로서의 패

기와 역량을 가늠해 볼 수 있기도 하거니와, 이번의 당선을 계기로 더욱 정진 있기를 기대한다.

심사위원 : 김종해 · 김창근

이병욱

1968년 서울 출생
수원대학교 서양화과 졸업
서울예술전문대학 문예창작과 졸업 예정
수원대 대학원 미술학과 입학 예정
1998년 서울신문 신춘문예 시 당선
서울시 동작구 사당5동 249－85 12/5
Tel : (02)585－6076

● 서울신문

望海寺

望海寺

대나무 잎새 몸부비는 소리 등에 업고
바다를 바라보는 망해사,
파도가 읊어대는 經典 소리에
처마끝 종소리가 고개를 끄덕이고
절간을 지나는 동자스님의
발걸음이 바람에 떠밀리는 마른 잎 같다
파도소리, 묵묵한 바위의 등을 내리칠 때마다
허공을 떠다니는 낮은 소리들
단청 없는 대웅전 앞에 무릎을 꿇고
내 발걸음도 대웅전 앞으로 밀려간다
낮은 숨소리 웅웅대는 절터를 비추며
조용히 내려앉는 서녘 해,
노을빛 단청을 그린다
내 얼굴에도 단청이 그려졌을까
바다로 발을 옮겨 얼굴을 비추면
이내 얼굴을 삼키는 허연 물거품
귓가에 파도의 일렁거림만 맴돌고
바다의 들숨에 석양마저 빨려 들어간다
法句經 읊는 소리도 바다 밑으로 묻혀진 걸까
쉴새없이 어둠을 내뿜는 잔주름 깊은 바다,

잔불 소리도 없이 내 속을 비워내고
바닷바람 소리없이 梵鐘을 흔드는 망해사,
아무 말없이 바다 위로 단청을 털어내고 있다

겨울 공터

우듬지 아래 까치집처럼 얼기설기 엮여 있던
산꼭대기의 집들, 끊어질 듯 희미했던 불빛
무너지고 산 위에 덩그러니 공터가 생겼지
싸늘한 바람이 불 때마다 殘雪들 공터 구석으로
몰려다니다 판자 끝에 걸려 넘어지고
색 바랜 라면 봉지 속으로 빨려 들어가는 눈,
공터 끝으로 떨어져 산밑으로 흩어지기도 했지
하나 남은 열매가 떨어져도 움틀 곳 없는
씨앗들 후욱 떠나 어디서 작은 싹을 보듬는지
나뭇가지들 하늘 가까운 곳으로 길을 내도
낮게 움츠린 동네는 머물러 산이 되었지

드문드문 공터에 모여들어 장난감 총을
허공에 쏘며 뒹구는 아이들마저
태양을 떨어뜨리고 총총히 집으로 돌아가고,
이내 밤은 寂寞을 치며 공터를 감추었지
고목 같은 전봇대 전깃줄만 잉잉거리고
고드름 가슴 속에 자랐을 사람들은
허술한 담장도 없는 집처럼 움츠리며
무슨 소리를 냈을까 구멍난 가슴 속을 메우듯

잔기침처럼 내리는 눈,
두툼한 집을 짓는지 한없이 공터를 덮고.

목판화

잔잔한 나뭇결 위로 스치는 칼날,
빛을 내며 生木의 깨끗한 살결을 떼어낸다
칼날이 지날 때마다 새어나는 나무향기,
어린 나무의 풋내를 덮으며 흙냄새며 물소리
빨아 눌러 놓았던 향기가 몸을 흔들던
풀들의 내음처럼 풋풋하다
계곡을 오가던 어린 날의 얼굴들,
목판 사이로 파고들고 나뭇결을 들어낼 때마다
작은 물소리 불쑥 귓가로 솟아오른다
두 손 가득 강물을 담아 강둑 위로 뿌리듯
한참 목판을 파내면 바람에 흔들리는
마른가지처럼 부르르 떨리는 손마디, 툭
미끄러져 손끝에 붉은 꽃 피기도 한다
그래도 작은 손아귀에 들고 풀섶을 뛰어다니던
은양지꽃 애써 새겨 넣어 마른 들판을 덮는다

들판 위에 韓紙를 덮는다
비 온 뒤 무른 땅에 찍히는 발자국처럼
내 뒤를 좇는 저 풍경들처럼 내 가슴 속에도
무수한 내가 숨쉬고 있었던 걸까

강물을 따라 들판을 달리며 나를 따라오는
솜털 보송한 얼굴이 문득 가슴 위에 묻어난다
땅 위에 새겨진 내 발자국을 따라
흙냄새 매달고 끝없이 나를 따라오는
내 어린 날의 얼굴, 나의 마른 가슴에
수없이 부딪치며 고운 결 하나 없는 가슴 가득
붉은 꽃 끝없이 찍어낸다

밤

밤이 세상을 묶고 있었다
은사시나무가 속죄하듯 잎새를 떨구고
날아오른 새들은 다시 제자리로 돌아왔다
바람에 부딪친 풀들은 낮게 무릎을 꿇었다

지평선을 지우는 밤, 멀리 등불 하나로
서 있는 집은 하늘에 걸려 있었다
길 끝은 집 주위를 서성이다 흩어졌고
내 마음속 알 수 없는 문장들은
별 끝에 매달렸다

달이 모든 길을 끌어다 둥글게 엮고 있었다

노을 속에서

노을 말갛게 내려앉는 저녁,
바람소리에도 흔들리지 않는
산이 붉다
후드득 산새들 날아올라
검붉게 타 사라지는 저녁 하늘에도
산은 곧게 앉아 노을을 받으며
제 몸 깊숙이 붉은 혈관을 만든다
회양목 혈기 가득 높게 자라고
맑은 계곡물 산밑으로만 흐른다
계곡을 따라 흐르는 나뭇잎처럼
산밑으로 내려가는 사람들,
가마 속 질그릇처럼
얼굴이 붉다
얼마만큼 제 몸을 태워야 말갛게 서 있는지
노을 속에서 사람들은 겸손하다
느린 걸음을 걷는 사람들의
이마 위에 머무는 노을,
貧者의 그릇처럼
사람들의 전부가 되기도 하는지
노을은 야윈 그림자 하나 세워 놓고
산속 가득 담겨 출렁거린다

江에서

비 그친 뒤,
강물 불어 낮아진 하늘을 보며 강을 따라 걸었다
출렁거리는 구름이 내 등을 밀며 상류로 올라가고
길 위에 고여 있던 빗물이 자꾸 발끝으로 올라와
강물을 먼저 보내고 멈춰서 뒤돌아보았다
젖은 땅에 찍혀 있는 발자국,
뒤로 걸어 길 끝으로 사라지고
발자국 위에 서 있던 내 모습 속엔
하늘이 가득차 푸르고 새 한 마리
길 없이 내 속을 뚫고 지나갔다
나는 알 수 없는 강 끝을 향해 돌을 던졌다
돌이 떨어진 곳으로 모여드는 중심,
속에서 튀어오른 물방울, 하늘을 한 줌 쥐고
강밑으로 가라앉으면 이내 중심을 지우며 흐르는
강가에서 나는 하늘을 강끝으로 밀어 보내고
얕은 바람에도 흔들리고 있었다

기쁨을 담아내는 가난한 그릇이었으면

방안을 굴러 다니는 물감들, 여기저기 세워져 있는 캔버스, 그리고 책들이 작은 옥탑방을 조여왔다. 이미 방이라 할 수 없는 곳에서 사물들은 나보다 더 깊은 숨을 쉬고 있었다. 나는 그곳에 살기 위해서 사물들과 창 밖의 풍경이 내쉬는 호흡을 찾아내야 했지만 나의 눈은 어두웠고, 창고 같은 방은 내 속에 먼지를 쌓고 있었다. 방을 바꾸지도 못한 채 나는 오래도록 옥탑방에 올라가지 못했다.

오랜만에 방문을 열었다. 책꽂이 위에 그려 놓았던 詩人 金洙暎의 얼굴을 보았다. 철없이 그렸던 얼굴이 나를 이곳까지 오게 할지는 몰랐다. 가끔 그의 눈에서 빛이 가득한 길을 보았다. 발을 내딛었다. 낯선 길이었다. 나의 시들도 그 낯선 곳으로 데려가고 싶었지만 너무 먼 길이었다. 나의 힘은 턱없이 부족했고, 낯선 곳까지 떠나기엔 지금 내 주위도 제대로 살피지 못했다. 언젠가 꼭 먼 곳까지 가보고 싶다.

당선 소식을 듣고 나도 모르게 기쁨이 채워지고 있었다. 빨리 비워내야 하리라. 아니, 이 기쁨이 차라리 깊은 상처였으면 좋겠다. 그래서 움푹 파인 가슴에 작은 것 하나 소중히 담아낼 수 있는 가난한 그릇이었으면 좋겠다.

침묵으로 많은 말씀을 하시는 아버지, 자주 시와 그림을 원망하시지만 언제나 관심을 가져주시는 어머니께 처음으로 좋은 선물을 드린 것 같다. 나의 시에 대해서 날카롭게 이야기하지만 내게는 항상 편안하게 대해주는 문창과 文友들과 '후' 동인들, 그리고 한동안 멀리 떨어져 있었지만 언제나 묵묵히 지켜봐 준 畫友들에게 좋은 시로 꼭 보답하고 싶다. 그리고 기억 속에서 영원히 지워지지 않을 김혜순 선생님, 오규원 선생님과 아직 미숙한 시를 選해 주신 심사위원님께 깊은 감사를 드린다.

시를 쓴다는 것에 아직 설레임이 남아 있다면 그 설레임을 끝까지 간직하고 싶다.

□ 심사평 · 서울신문

인간적 숨결로 채워진 드넓은 상상력

새로운 재능에 대한 기대는 항상 마음을 설레게 하는 법인데, 이번 응모작들은 그러한 기대를 충족시키에는 좀 미흡한 것이었다.

어머니, 아버지가 등장하는 가족 이야기, 일가친척 이야기, 동네 이야기 등이 많이 눈에 띄고 절에 가서 보고 느낀 것들을 쓴 작품도 많다. 임정숙의 작품들도 대체로 그런 작품들에 속한다고 할 수 있는데, 개인적인 이야기나 가족 이야기가 설득력을 얻으려면 그 개인과 가족을 넘어서는 어떤 것을 가리키거나 보여주어야 한다.

이 세상을 감방이나 사육장으로 느끼고 있는 권영준의 작품들은 그러한 느낌에 한가닥의 진실이 없는 것은 아니었으나, 부정적인 기분이나 시각이 좀 지나친 게 아닌가 싶으면서 정신의 건강을 위한 균형 감각의 회복을 생각하게 된다.

그래도 이병욱의 작품들을 읽을 수 있어서 다행이었다. 그의 상상력은 드넓은 공간으로 열려 있으면서, 그 공간을 조용한 인간적 숨결로 채우고 있는데 무엇보다도 그 점이 그의 시적 자질을 보여주고 있어서 좋았다. 그러나 당선작을 어떤 것으로 할 것인가에 대해서는 심사한 두 사람의 생각이 같지 않았다. 「望海寺」는 바다와 절을 불꽃 튀는 긴장 속에 놓고 노래할 수 있는 것이었는데 그렇지 못하고 대웅전 근처에서만 맴돌아 좀 맥빠진 평범한 작품이 되지 않았나 싶다. 그보다는 「겨울 공터」 「노을 속에서」 「밤」 같은 작품이 더 좋아 보이는데 가령 「밤」에서 "지평선을 지우는 밤, 멀리 등불 하나로 / 서 있는 집은 하늘에 걸려 있었다 / 길 끝은 집 주위를 서성이다 흩어졌고 / 내 마음속 알 수 없는 문장들은 / 별 끝에 매달렸다 //달이 모든 길을 끌어다 둥글게 엮고 있었다" 같은 대목은 우주적 쓸쓸함에 물들어 있지 않은가.

심사위원 : 김종길 · 정현종

신해욱

본명 신지연
1974년 춘천 출생
1997년 한림대학교 국문과 졸업
시모리 동인
1998년 고려대 대학원 국문과 입학 예정
1998년 세계일보 신춘문예 시 당선
춘천시 후평2동 796－14호
Tel : (0361)54－9194

● 세계일보

나비
북극성

나 비

바람 한가득 입 안에 머금고
숨을 멈춘 햇살
아래, 보드랍게 날고 있는
붉은점모시나비
온통 날개로만 살아가는
그 사뿐한 몸짓을 시샘하다가, 아니
어쩌면 生이 저렇게 가벼워서야 되리
혀를 차려다가
문득 저 날개도
땅으로 팽팽하게 끌리는 물체임을
깨닫는다

이 가벼움은
죽음 앞에 선 전쟁용사의 굳은 입술
찢길 듯 말 듯 위태로운 날개
무쇠갑옷인 양 차리고
투명한 공기 속에 몸을 숨긴
교활한 지구의 중력
온몸으로 거부하고 있지 않은가

맴돌던 꽃이 떨어져도
아무렇지 않다는 듯
가벼웁!게 날아다니는 나비
의 날개 속엔
돌로 굳은 눈물방울이
촘촘히 박혀 있는 것이다

북극성

—팔백광년, 그것은 거리를 넘어선
그리움의 공간이다

팔백년이라나
우리 서로 마주하기 위해
빛이 날아온 먼 길은

우린 그렇게 눈물겹게
만나긴 만난 것인데
그대 그 맑은 빛은
팔백년 전 어느 날의 앳된 눈동자
그대가 마주한 얼굴은
서경별곡 부르던 눈물의 여인
대동강 푸른 물이 된
두어렁셩, 나의 前生이리

팔백년의 어느 길목쯤
스치우는 옷소매에
눈웃음만 가볍게 묻히고
그대는 나를 향해
나는 그대를 향해
바쁜 걸음 걸음 재촉했을 우리
그 길목의 나무둥치에 앉아

서로의 어깨에
지친 몸 달래어나 볼 것을,
오늘밤에사 마주하긴 마주한 우리는
먼 옛날 까마득히 사라진
어슴푸레한 殘影인 걸

아무리 발돋움해 보아도
팔백 번의 겨울을 보내고야
나의 언덕에 다가올 그대
오늘밤의 얼굴, 안타까움만
목구멍 가득히 넘쳐올라
달맞이 꽃잎 위에 떨어지고
이 먼 길의 저쪽 끝자락엔
들을 수 없는 북극성, 그대의
아득한 숨소리.

파랗게 익은 키위 속에는

썩은 잔뿌리며 마른 매미껍질이며 모다 섞인 듯한 흙껍질 속에 초록빛 깊은 계곡물이 고여 있다 눈동자 속의 내 얼굴도 비칠 듯한 맑은 거울 같기도 하고 아니면 저 깊은 안쪽 세상 훤히 보일 유리알 같기도 한데 어쩐 일일까 이 투명한 살에 아무것도 보이지 않는다 파란 살 點點 박힌 씨앗들만 굳게 다물린 동굴로 돋혀 있다

이 새까만 문을 두고 몸을 움츠릴 방법도 문을 여는 주문도 몰라 입술만 자꾸 깨물어 보다 문득 이 작은 열매의 침묵 앞에 얼굴이 붉어진다 한번도 드러난 적 없는 이 깊은 몸엔 내 분주한 손길이 닿을 수 없는 맘모스 그 옛날의 걸음과 까마득한 미래의 떨림이 감추어져 있는 것이다

부끄러운 내 몸 속 세상에라도 가까워지고파 눈을 감는다 ……연두빛 냇물이 실핏줄처럼 흐르고 둥둥 햇빛 심장소리가 어렴풋이 들리고……씨앗 內蜜한 동굴문이 스륵스륵 드르르륵 비밀스런 주문에 닿은 듯 꿈틀거리고 있다

햇 살

그림자를 몸 속으로 구겨넣고
正午가
눈물을 쏟아붓는다.

숫돌에서 방금 일어난
서슬 푸른 어둠으로
그림자, 섬뜩하게
가슴팍 여린 속살을 헤집고
내출혈을 앓는 正午는
쓰러질 듯 위태로운 몸뚱이
눈부신 울음줄기로 추스리는데

가슴 속 피묻은 어둔 살점들
흉하게 썩어갈수록
찬란한 빛으로 눈물을 받고
속살속살 바람의 귀 간지럽히는
오월의 잎사귀

나 무

높이 솟은
杉나무 아래에 누워보면
안다, 나무
날고 싶어서
얼마나 애쓰고 있는가를

몸부림의 흔적으로
수많은 곁가지
푸른 잎 내고도
올곧이 하늘만을 향하는
얼굴,

거친 밑둥이나
쓰다듬고 있는 나는
내뻗는 소망에 겨운
나무의 아득한 표정
볼 수가 없다, 그러나

흙에 귀기울이면 들리는
뿌리의 신음소리, 나무

날기 위해
생목 오르는 이 어둠
얼마나 깊이 삼켜야 했는지를
이젠
안다.

시인과 작곡가

네가 곡을 만들면 노랫말은 내가 쓸께 굳게 약속했었다는 친구 그 친구 以心傳心 눈빛으로 말을 했다는 친구가 골수암으로 죽었단 소식 그는 전해만 들었다 눈물 한 방울 흘리지 않았다 장례식에도 사십구잿날에도 가지 않았다 친구의 안부를 누군가가 물어도 경원이 죽었어 잘 있다는 듯 아무렇지 않다는 듯 가볍게 뱉아냈다 죽음이라는 한 마디로도 눈물 글썽이는 他人들 앞에서

시간이 흐르고 추억이 흐르고 눈빛도 경원이도 낡아가는 가을 밤 바람 타고 밀려오는 싸아한 하모니카 흐느낌 경원이 소리야 그애의 잿빛 하모니카 노래야 그는 맑은 소주 한 잔 가볍게 털어넣고 빈 술잔만 만지작거린다 넘칠 듯 말 듯 가득 찬 소주 같은 눈 내게 맞추며

상상 속에만 머물던 '시인'이 현실로

신문사에 직접 작품을 내러 서울로 가며 기차 안에서 내 원고들을 다시 한번 읽어나가는 중이었다. 승무원 아저씨가 나를 유심히 보며 '시인이세요?'하고 묻는 것이었다. 내가 그냥 시를 공부하는 지망생이라고 했더니 아저씨는 웃으시며 그럼 이 시들이 혹시 신춘문예에 투고하는 작품들이 아니냐며 한참을 읽어보시고는 1월 1일 신문에 내 시들이 나오는지 꼭 찾아보겠다고, 만약 당선이 되면 꼭 커피 한 잔 사야한다며 지나가셨다. 참, 그때의 기분은 얼마나 묘했던지……. 언제나 나는 습작생이기만 했었고 모두 나에 대해 그렇게 생각했었는데, '시를 쓰는 사람'으로 나를 보아주는 사람이 있다니.

그날 기차 속의 '만약'이라는 가정이 '진짜'가 되었다. 실은 아직도 나는 얼떨떨한 기분을 감출 수 없다. 상상 속에서만 그려보던 일이 현실이 된 것이다. 당선 연락을 받은 날은 좋아 펄펄 뛰면서도 한편으로는 '착오가 생겨서 잘못 연락드렸습니다. 죄송합니다' 하는 전화가 오면 어쩌나 걱정했던 것도 사실이다.

나는 지금 내 기분을 어떤 말로 표현해야 좋을지 모르겠다. 詩를 쓰겠다면서, 한평생 말(言)을 사랑하며 살겠다고 다짐했으면서, 이 환희의 순간 앞에서 그저 너무 좋다는 말밖에 할 수 없는 것을 보면 나는 아직 멀었다는 것, 지금이 바로 재출발의 순간이라는 것을 새삼 느끼게 된다.

고마우신 분들이 너무 많다. 내가 詩에 입문하도록 도와주시고 몇 년째 묵묵히 지켜봐주신 김은자 선생님께 먼저 깊은 감사를 드린다. 누가 볼까봐 일기장 가리듯이 감추기만 했던 내 서툰 습작시를 보신 선생님께서 열심히 하면 좋은 시를 쓸 수 있겠다는 말씀을 하셨을 때 — 그때를 생각하면 아직도 가슴이 뭉클해진다. 또 답보 상태에 있던 내 시가 한 계단 올라갈 수 있도록 이끌어주신 최동호 선생님, 제자리도 못 잡고 헤매기만 하는 답답한 딸 때문에 마음고생 많이 하신 부모님과 할머니, 내 투정들을 군말없이 받아준 다연, 나의 영원한 文友 시모리 동인들, 그리고 다시 시작할 수 있는 기회를 만들어주신 심사위원 선생님들께도 진심으로 감사드린다.

□ 심사평 · 세계일보

참신하고 개성적인 詩語 돋보여

수천의 시 응모작 가운데 예심을 거쳐 본심에 넘겨진 작품 수백 편을 우리 두 사람이 면밀히 검토하였다. 그러면서 우리는 참으로 어려운 이 시대에도 시의 열기가 뜨겁다는 것을 절감했다. 실상 이런 시의 열기가 오랜 이 땅 간난과 시련의 역사를 극복해온 정신적인 저력이 아니겠는가 생각하는 뿌듯한 마음이 들기도 했다.

본심에 올라온 작품들은 대부분 일정한 수준 이상의 것들이었다. 다만 지나치게 유행적인 시풍을 그대로 답습하고 있거나 신춘문예를 겨냥해 의도적으로 제작한 시들이 적지 않다는 점이 흠이라면 흠이었다. 그런 가운데 최종으로 선자들의 손에 남겨진 것들은 「물 흐르는 집」 외(이향희), 「겨울산」 외(김문주), 「국립중앙박물관」 외(이광표), 「북한강」 외(조현), 그리고 「북극성」 외(신해욱) 등이었다. 이들 작품들은 어느 것이라도 당선권에 들 만큼 막상막하의 수준을 이루고 있었다. 특히 이향희의 「봄산」이나 김문주의 「겨울산」 등은 상상력의 운동성이 매우 탄력적이어서 끝까지 선자들을 망설이게 만들었다. 다만 전자는 다소의 수다스러움, 후자는 한자 관념어의 글들이 마지막 낙점에 장애가 되었다.

마지막으로 논의 대상이 된 것은 조현의 「오목눈숲새의 이야기」와 신해욱의 「북극성」 「나비」 등 두 사람의 작품이었다. 전자는 시어선별과 그것을 몰아가는 구성에 힘이 돋보였고, 후자는 개성의 신선함이 특장으로 여겨졌다. 전자는 신춘문예식 의욕이 돋보였고, 후자는 참신한 개성이 강점이었다. 얼마간의 진지한 검토 끝에 비로소 우리는 참신함과 개성을 더 높이 평가하기로 합의할 수 있었다. 새삼 말할 것 없이 시정신이란 창조정신이 생명이며, 시는 가장 높은 인간정신의 움직임을 창조적 언어, 개성적인 언어로 형상화하는 예술이라는 점을 유의하여 당선자는 앞으로 더욱 창조적인 개성과 품격있는 시세계를 형성해가기 위해 진력해야 할 의무와 사명감을 지녀야 한다. 또한 보다 강한 정신의 힘을 길러 오랫동안 튼튼한 시, 큰 시를 써야만 할 것이다. 아울러 이번에 선에 들지 못한 여러분들에게도 뜨거운 격려와 성원을 보내는 바이다. 더욱 분발하여 '슬픔의 힘을 새 희망의 정수박이에 들이부어' 다음 기회의 성공을 빈다. 거듭 여러분의 정진을 기대한다.

심사위원 : 김광규 · 김재홍

이종수

1966년 전남 벌교 출생
1992년 청주대학교 국어국문학과 졸업
현재 이종수독서토론학교 대전교실 근무
1998년 조선일보 신춘문예 시 당선
청주시 상당구 영동50 평화아파트 가동 502호
Tel : (0431)57－0977(집)
(042)636－5945(사무실)

● 조선일보

장닭공화국

장닭공화국

새벽녘 목청을 다듬으며
칠성무당벌레마냥 높은 곳에 오른다
누구나 아침 맞을 준비를 하고 있을까
잠깐 벼슬을 쭈뼛거리다가
길게 한 소리 뽑는다
높은 곳에 올라 보니 세상 사람들이 다
자기가 거느린 암탉들처럼 멍청해 보인다
폐계 천원 폐계 천원 한다는 양계장 바람 소리가 들리는 듯
튀김닭으로 팔려 가고 닭도리탕감으로 팔려 가는
저 수백 단으로 쌓인 유통의 나라를 굽어보며
그레코로만 선수처럼 발바닥을 닦아본다

아침이 온다고 다 같은 아침이 아닌데
아침만 질러놓고 보면 이 나라 모두
아침 빗자루질 같을 거라는 막연한 몽상을 하며
지난 밤 닭장 횃대에서 자다
쥐들에게 뜯겨 살이 다 드러난 암탉들을
거느리고 한껏 목을 꼿꼿이 세운다
양계장에서 팔려온 암탉들 끌고 운동도 시켜야지
그래야 살이 맛있어지지

자, 이제 휴게소로 나가 볼까
존경하는 주인 아저씨,
벌써 일어나 나를 보러 오는 걸 잘 봐
내가 얼마나 신임받는 줄
조금 있다가 보면 알게 될 거야
몸 생각한다고 촌닭, 토종닭 아니면 먹질 않는
사람들의 머리속이나마 꽉 채워주려면
꼭 내 연기가 필요하지 단칼에 쓰러져 죽는 시늉하는
일품 연기를, 연기가 끝나면 양계장 닭으로 바꿔치기하는
아저씨도 일품이지
어차피 못쓰는 날갯죽지 조금 아픈들 대수로냐
휴게소 가든 벼슬살이 이만하면 좀 좋아
휴게소 가든 닭도리탕 정치하는 맛에 세월 가는 줄 모르는
재미 말이야

벌 교

갯벌로 들어서면 좌악 깔렸던 게들이
발소리에 게눈 감추듯 숨고
게구멍만이 보인다
게눈에는 내가 어떻게 보일까
뻘바람에 사위는 질경이, 토끼풀이나
바닷물과 뻘밥을 먹는 갈대들로나 보일까
아니, 발소리에 고향까지 숨어버리는 것 같아 낯설기만 하다
어머니 내 낳을 때 방바닥을 긁으며
움켜쥐었던 젖멍울이나
몽고반점 같은 구멍들만 보이고
내 살던 기억의 꽃들도 숨었다

살아가면서
숨쉬는 구멍들이 사라진다
갯벌과 어울려 사는 게나
지렁이, 낙지, 조개들까지 따라 숨쉬는
저 작은 구멍을 내 기관지가 찾지 못하고 있다
철문이나 창문을 닫고 열면서
가까스로 쉬는 날을 틈 타

교외로 빠져나가듯
숨쉬는 곳은 막히고 덮여갈 뿐
참 많은 생각과 일, 목숨을 키우는 것들이
사라지고 있다.

* 벌교 : 전남 보성군 벌교.

남한강

그는 그물보다 작살을 써서 물고기 잡길 좋아한다. 물안경을 쓰고 바윗돌 깊숙이 자기들만의 먹을거리를 즐기는 고기들의 숨통을 찾으며 숨을 오래 오래 참는다. 그래서 몸에서는 빠가사리, 메기, 쏘가리 냄새가 난다. 붕어를 그대로 푹 삶은 물은 인삼보다 더 치고, 빠가사리 백숙을 어느 보약보다 더 치고 쏘가리 쓸개를 곰쓸개보다 더 치며 강에서 살던 시절. 강이 키워준 물힘과 물고기 정신을 가르치기 좋아한다. 그래서 이야기할 때 입을 보면 물 만난 고기 같다. 물고기들이 가장 많이 잡힌다는 달 없는 그믐밤의 물살 소리가 난다. 여울을 거슬러 오르는 물튀김 소리, 몸 비트는 소리로 말하며 바윗돌 사이를 구르는 시간을 잊는다. 하루아침에 이루어지지 않은 강의 몸집에서 큰 물고기들의 타는 눈빛과 어찌 보면 작살과 같이 물살을 가르는 고기들의 몸집들을 쓰다듬으며 그들의 정령과 살을 안주 삼아 거친 詩로 부대끼는, 또 하나의 강으로 살고 있다.

그의 친구는 그가 가장 좋아하는 친구이자 어부이자 시인이자 공자 예수님보다 더한 강이다. 여름이면 밤숲 아래 천막을 치고 서울이나 수원, 청주에서 찾아오는 불알 친구들, 형, 동생들에게 물고기를 잡아다 어죽과 빠가사리 백숙, 쏘가리회, 붕탕을 끓인다. 온통 어수선하게 늘어놓은 양념이며 냄비, 술가락, 짝 안 맞는 젓가락들이 모두 함께 녹아 둘도 없는 맛이 되는 강. 잊지 않고 찾아주는 사람들이 좋아 한나절 작살질에 시퍼런 몸뚱이로 돌아와 내려놓는 고기들이 그렇게 평화스러워 보일 정도로 그 좋은 고기들과 밥을 한 푼도 안 받고 베푸는 일이 그리 쉬운 일이 아닌데도 도 닦는 게 대수롭지 않게 보이는 강물, 밤숲처럼 잠을 자고 있다.

조계산*

막 바람과 구름길에서 놀다가 송광에서 선암 가는 길을 잃어버릴 뻔했습니다. 어린 나뭇잎들이 두들기는 하늘 고의춤에 천둥 번개까지 감춘 줄 모르고 시오리길처럼 늘어져 능선을 감추고 마는 구름에 놀다가 비를 만났습니다. 그냥 지나가는 빈 줄 알았는데 아름 나무 아래 갓 자라 오르는 잣나무까지 젖었습니다. 산꼭대기가 늘 뾰족한 것은 고인 물이 썩은 이치와 같을까. 쉴 틈도 없이 마음만 바빠집니다. 그저 뚫린 게 문구멍이라고 내리막길에 접어드는데 디딤발이 자꾸 뒤틀려 산 무게만큼 눌러앉습니다. 뒷덜미를 낚아챌 것처럼 이슥한 산이 짖는 소리는 꼭 귀신 울음 같아 자꾸 뒤돌아보게 합니다. 정내미 뚝 떨어지게 산 밖으로 밀어내는 것이 떠나오고 싶어 안달이다가도 젖고 쉴 데 없어 서두르는 내 마음 같아 오히려 오기가 생겨 젖은 빨래마냥 더덜거리며 산 구경을 합니다. 내려오자마자 득달같이 뒤흔들던 천둥과 번개는 어디로 가고 비마저 쟁쟁거리는 산꼭대기를 타고 하늘로 올라가 버려 화살촉 같은 햇살만 구리거울 물웅덩이에 떨어져 산은 된장국처럼 풀립니다.

* 조계산 : 전남 순천에 있는 산으로 송광사와 선암사가 있음.

가라앉지 않는 돌
—부석사

봄 하늘 몸서리치는 영산홍 꽃잎 위에 뜬 바위
탱자 울타리 옆 금강역사 같은 사과나무 위에 뜬 바위
절 앞 사과 파는 아주머니 사과점 위에 뜬 바위
천왕문 돌계단에 핀 제비꽃 위에 뜬 바위
서른 셋 열고 닫는 범종소리에 뜬 바위
소슬한 바람 위에 뜬 바위
배흘림 무량수전 법랍 위에 뜬 바위
서산에 지는 햇무리 위에 뜬 돌

영국사 은행나무

물 위에 뜬 얼음처럼
머리끝으로 물구나무선 체온
얼얼한 얼굴로
산문이 닫히는 저문 절집
맞배지붕 아래
오래 소피 보는 삼신 할머니마냥
보든 말든 그렇게 앉아
가지를 퍼뜨리고 있는
영국사 은행나무
온동네 개똥이란 개똥은 다 모였나
구린 은행이 여기저기 떨어져
저무는 절집 산 공기를 싸잡아들고
늙은 선승은 없어도
화두처럼
노란 물감을 가득 채운 다연발 폭탄처럼

* 寧國寺 : 충북 영동 천태산에 있는 절.

낡은 집 고치고 나면 새봄 올까

오래 된 집을 고치는 일이 새 집을 짓는 일보다 더 힘들다는 것을 새삼 깨닫습니다.

평생 내 안에 갇혀 살아온 시를 모두 꺼내 확 불사르고 싶던 날. 당선 소식이 오달자의 봄처럼 왔습니다. 간사스럽게도 병어 같은 입이 대구 입으로 바뀌었습니다. 정확히 오 미터쯤 공중으로 뛰어오르기도 했습니다.

오래 된 집은 겨울 내내 고쳐야 봄을 맞을 것 같습니다.

시를 뽑아 주신 심사위원님, 늘 죄송스러운 부모님, 창작문학회 선후배님 고맙습니다. 그리고 내 서른 시의 길에 힘이 되어 준 사랑하는 경미에게 기쁨 한 줌 덜어드리고자 합니다.

□ 심사평 · 조선일보

현실비판 속 고급 유머 눈부셔

응모자들의 수준도 높아졌지만, 무엇보다도 이들의 시세계가 다양하다는 점이 앞으로의 우리 시단에 밝은 전망을 던져준다. 사실 시단에도 어떤 흐름의 유행이 그때마다 지나가고 있다는 사실은 부인될 수 없겠지만, 다양성은 바로 이 유행을 단축시켜 준다. 섹스와 죽음을 과장하는 절망적인 몸짓, 산사(山寺)를 떠도는 선(禪) 취향의 제스처 등은 최근 우리 시의 대표적인 유행들이라고 할 수 있는데—물론 이러한 풍조 안에 들어 있는 작품이라고 해서 모두 나쁜 시는 아니다. 어두움의 잠행 속에서 빛은 때로 얼마나 밝게 빛나는지! ……이번 응모작들에서 그 자취는 서서히 사라지고 있는 느낌이다.

당선작인 이종수씨의 「장닭공화국」 역시 닭으로 비유된 현실, 특히 정치현실을 다룬 일종의 알레고리 시인데, 지금까지 볼 수 없었던 재미와 고급 유머의 세계가 눈부시다. 그것은 고발이나 풍자, 난해한 상징과는 또 다른 방법 위에 서서, 섬세한 관찰의 도움을 받고 있는 현실비판의 시이다. 이씨의 다른 응모작들도 비교적 고른 수준을 보이고 있는데, 여기에 젊음의 패기가 첨가된다면 아주 좋은 시인이 될 것으로 기대된다.

「나는 62년식」의 손필영씨, 「지리산 시편」의 최미순씨, 「말의 천국, 이동전화」의 최민수씨 등도 당선권에 들 수 있는 분들이지만, 한편의 완성된 작품을 내놓는다는 점에서 각각 일정한 한계들을 지니고 있다. 특히 PCS의 세계에 흥미있게 도전한 최씨의 경우 그것으로 대변되는 새로운 언어의 세계에 풍속적으로 좇아가는데 그친 아쉬움이 있다. 문학에는, 그것이 아무리 짧은 시일지언정 그 대상을 통해 드러나는 작가의 비판적 세계 인식의 깊이가 있어야 한다. 이러한 지적은 산하(山河)를 따라다니며 그 풍경을 능숙하게 묘사하고 있는 다른 두 분에게도 공통적으로 해당된다. 이 분들의 시는 부분부분의 아름다운 이미지들에도 불구하고 한편의 작품이 울려주는 공명(共鳴)의 떨림이 부족하다. 깊지 않은 그 깊이 때문이다.

심사위원 : 정현종 · 김주연

조은길

본명 조윤희(중앙일보 신춘문예 조윤희로 발표)

1955년 경남 마산 출생

1996년 제3회 동서 커피문학상 대상 수상

1996년 제20회 방송대 문학상 수필 당선

현재 한국방송대 국문과 4학년 재학중

1998년 중앙일보 신춘문예 시 당선

경남 창원시 소답동 38블록 7－2로트 세원빌라 402호

Tel : (0551)92－9467

● 중앙일보

3월

3월

벚나무 검은 껍질을 뚫고
갓 태어난 젖빛 꽃망울들 따뜻하다
햇살에 안겨 배냇잠 자는 모습 보면
나는 문득 대중 목욕탕이 그리워진다
뽀오얀 수증기 속에
스스럼없이 발가벗은 여자들과 한통속이 되어
서로서로 등도 밀어 주고 요구르트도 나누어 마시며
볼록하거나 이미 홀쭉해진 젖가슴이거나
엉덩이거나 검은 陰毛에 덮여 있는
그 위대한 생산의 집들을 보고 싶다
그리고
해가 완전히 빠지기를 기다렸다가
마을 시장 구석자리에서 날마다 생선을 파는
생선 비린내보다
니코틴 내가 더 지독한 늙은 여자의
물간 생선을 떨이해 주고 싶다
나무껍질 같은 손으로 툭툭 좌판을 털면 울컥
일어나는 젖비린내 아—
어머니
어두운 마루에 허겁지겁 행상 보따리를 내려놓고

통통 불어 푸릇푸릇 핏줄이 불거진
젖을 물리시던 어머니

3월 구석구석마다 젖내가…… 어머니
그립다

바람의 詩

오늘도
堆積岩 두어 곳에 실금이 갔으며
그 틈 사이로 먼지 몇 점이 얹혔으며
몇몇 새와 사람이 왔다 갔노라
몇몇 풀과 꽃이 피고 졌노라
피고 졌노라

부리가 짧은 여름 철새들
부지런히 바다를 쪼고 있는
바닷가 공룡 발자국 위에 잠깐 자리를 편다
억년을 걸어온 발자국 위로
바다 개미들 허리를 바짝 졸라매고 바삐 지나간다
영원을 꿈꾸며
손톱이 문드러지도록 제 이름자 새기던
그동안의 수많은 이름들은
이 땅 어디쯤에 새겨져 있을까
암과 싸워 기적적으로 살아난 그녀는
제일 먼저 바다로 뛰어가 하얗게
부서지는 파도를 어루만지고 어루만지고
바다는 늙은 修女의 눈빛으로
다 안다 다 안다 그녀를 어루만지고 있다

갯바위에서 등을 쭈그렸다 폈다
미끼를 던지고 있는 루어 낚시꾼들
덥석 가짜 새우를 물어 버린 눈이 동그란 어족
억울한 듯 두 눈 딱 부라리고 아가리 벌린 채
버둥대고 있다
어쩌면 상추 위에 고기살 얹어 입 활짝 벌리고 있는
지금 우리들은 어느 짓궂은 낚시꾼의 미끼에
걸려든 가엾은 어족은 아닐까
우리들은 공룡 발자국과 저녁 노을을 배경으로
한 장 필름 속으로 돌아가고
다시 혼자가 된 바다는 가까운 바위의 등에
싸르륵싸르륵 싸아―싸아아―
바람이 불러 주는 이야기를
받아 적고 있다

추어탕

추어탕을 끓인다
추어탕의 진맛을 내기 위해선 시골 도랑
어두운 뻘밭에 대가리 쑤셔 박고
한 세월 견딘 놈을 골라야 된다
내 손에 넘어온 그들은
심하게 약이 올라 길길 날뛰고 있다
나는 그들을 소쿠리에 쏟아 놓고
왕소금 두어 주먹을 뿌리고
늙은 호박잎을 덮어놓는다

아거부하고싶다탈피하고싶다그굴욕의뻘것에서직립의인간으로환생할수만있다면뼈가부서지는고통이라도견디리라뼈가부서지는뼈가부서지는고통이라도……
그래그래 괴로울수록 꿈을 잃지 말아야 해
난 장미가 되는 게 꿈이야 그래서 장미 향수를 온몸에 뿌리고 다녀
세상은 그것으로 헤쳐 나가는 수밖에 없어

나는 그들이 토해낸 뻘나라의 서러운 사연에
일일이 고개를 끄덕여 주고

그들의 유언대로 추어탕을 만든다
그들의 완전한 환생을 위해 먼저
푹 고아서 뼈는 버리고 살만 추려낸다
추려낸 살에다
갖은 맛과 색깔이 나는 야채를 버무려 넣고
다시 푹 곤다 그래도
남아 있는 지독한 뻘것의 혐의
나는 마지막으로
지상에서 가장 독한 성질을 지닌
마늘과 생강과 고추와 파와 방아잎과 후추와 산초를
차례차례 다져 넣는다

우리는 묵묵히 추어탕을 먹는다
단지 살 화끈거리는 삼복더위를 견디기 위해

어머닌 평생 흙만 뒤적이다 흙이 되셨다

안개의 밖

아내가 집을 비울 때는 식탁 위엔 라면 한 봉지가 놓여 있다 나는 그 라면을 볼 때마다 노란 머리칼의 밤낮없이 컬러풀한 애첩의 얼굴이 생각난다 그녀의 입술을 범하듯 쉽게 가스레인지의 스위치를 누르고 물이 끓는 동안 좀더 효과적인 식사를 위해 조리법을 읽는다 부드럽고 쫄깃쫄깃한 면발과 루이보스티와 우유를 첨가하여(첨가…… 애첩은 나 없이는 하루도 못 살 것 같다고 말하면서 왜 이혼은 하지 않을까) 유해 산소를 제거하고 SOD와 칼슘을 보강하였다고 쓴 겉포장을 뜯는다 조리법대로 끓는 물에 면발을 넣고 야채 후레이크를 넣고 분말 수프를 넣고 마지막으로 난자와 정자가 뚜렷한 계란을 한 개 톡 깨뜨려 넣고 냉장고 안의 단무지를 꺼낸다(아 어머니 아내는 이제 김치를 담그지 않습니다)

나는 안개처럼 뿌연 김을 후후 불어 가며 라면을 먹는다 안경알에 김이 서려 잠깐 세상이 안개 속 같다 친구의 문간방에서 담배를 배울 무렵 밤이 늦도록 라면내기 민화투를 치는 날이 있었다 김이 치솟는 라면 냄비 가운데 놓고 서로 이마를 맞찧다가 제기랄 요놈 원대로 먹어 보는 세상은 없나 벌컥 종이문을 밀면 마을은 뿌우연 밤안개 속에 죽은 듯이 엎드려 있었다 안개에 갇힌 아버지의 얼굴빛은 된장빛이었다 그때부터는 이상하게 날이 밝아도 마을을 덮은 안개는 걷히지 않았다 아침 저녁으로 마을을 지나가는 시외버스는 우리 마을 안개와 맞붙어 치고 박는지 언제나 바퀴 쪽에서 뿌옇게 일어났던 안개들이 푹푹 쓰러졌고 버스는 휘파람을 불며 가버렸다 나는 버스가 떠난 고갯마루를 멍하니 바라보곤 했다

나와 손잡고 그 안개를 뛰쳐나왔던 친구는 얼마 전에 무덤으로 갔다 암에 걸려 꼬챙이가 된 몸으로 가족들에게 둘러싸여 있던 친구의 마지막 모습은 오히려 환했다 봐 별수 없잖아 이제 그만 몸을 붙여 친구의 마지막 말을 식은 라면 국물과 함께 홀쩍 삼킨다 나는 안경알을 닦아 다시 낀다 잠깐 세상이 환하다 아내는 지금 어디로 가고 있을까 아내는 언제쯤 돌아올 수 있을까 아내의 환한 김치가 그립다

IMF 출생기

봄볕이 환장하게 좋은 날이었다 어느 윗분의 윗분에게서 지시가 내려왔다 희망 찬 봄이 왔으니 시민들이 특별히 새로운 마음으로 새출발할 수 있도록 도시의 구석구석을 깨끗하게 대청소하라 그러자 어느 윗분이 다스리는 도시 구석구석에는 몸뻬를 입고 타월로 모자를 만들어 쓴 여인들이 잡초를 뽑고 있었다 어느 윗분은 점심 식사를 멋지게 한 후 운동도 할 겸 바람도 쐴 겸 대청소 현장을 시찰하다 변두리 마을까지 왔다 그곳의 사람들은 손바닥만한 빈터도 그냥 놀리는 일이 없으므로 마을 구석구석마다 파랗게 자란 푸성귀들이 따뜻한 봄 햇살을 받고 있었다 거기서도 청소하는 여인들이 열심히 잡초를 뽑고 있었다 어느 윗분께서 그 광경을 보더니 아니 왜 이렇게 많은 쑥들은 뽑지 않고 그냥 지나가는 거요 라며 여인들을 나무랐다 아이고 윗분님 이건 쑥이 아니라 사람이 일부러 심어 놓은 당근잎 쑥갓잎입니다 라고 여인들이 이구동성으로 말했다 그러자 어느 윗분께선 아니 당근은 빨간 뿌리를 먹는 것이지 이렇게 시퍼런 잎을 먹는 것이 아니잖소 잡초를 다 뽑고 이곳만 남겨 놓으면 지저분하니 두말 말고 이것들을 몽땅 뽑아 버리시오 여인들은 하도 어이가 없어 당장 수건을 벗어 던지고 집으로 돌아가버리고 싶었지만 어느 윗분의 호통보다 더 무서운 것이 한 치 새끼들의 밥줄이라 어느 윗분의 명령대로 따랐다 다만 당근밭 주인은 홧김에 술을 코가 비틀어지도록 마셔 버렸고 그 다음날 공사장에서 벽돌을 쌓다 아무도 모르게 실수를 몇 번 했을 뿐이다.

풍 장

聖者처럼 고요한 눈빛으로
마지막 차례를 기다리는
가을 산 열매들
　툭—
　　　　툭—
　투둑—
걸음이 더 빨라진
청설모 산토끼 무리
벌써 볼이 뽈통하다

산기슭
징이 박힌 듯한 마을
우물가 아낙 서넛 둘러앉아
늙은 배추의 엉덩이를
서슴없이 반으로 갈라
생소금으로 殮을 하고 있다
남정네들은 마당가에서
구덩이를 파고 있다

숲쪽에서

문 닫는 소리 들리는 것 같다
곧 새끼를 가지겠구나

행복과의 만남 오래도록 이어졌으면

얼마 전 작은 동인지에서 「없어진 시」라는 제목만 있고 한 줄의 글도 적혀 있지 않은 시를 읽고 전율을 느낀 적이 있다. 말많고 탈많은 세상을 향해 마스크를 쓴 언어들이 귓전을 후려치는 것 같았다. 그러나 나는 지금 그런 여유를 부릴 수가 없다. 이 순간이 오기를 얼마나 애타게 기다렸는데…….

내가 쓴 시의 제일 첫 독자가 되어 주고 편파적인 나의 詩評에 盲從을 강요당하는 기구한 운명의 세 사람. 남편 두곤씨와 민이 주리 이젠 내가 하얀 종이만 들고 있어도 귀를 틀어막고 도망가는 그들에게 엄마가 글쓰는 괴물이 아니었다는 변명도 해야 되고, 옷에 붙은 껌처럼 文字의 다리와 겨드랑이에 빌붙어 있는 마침표 쉼표 물음표 느낌표 따옴표 등을 나의 詩에선 제거해 버렸고, 文明이란 물질에 묻혀 빠른 속도로 腐飾되어 가는 모든 존재들의 본 이름을 찾아 주는 시를 써 보겠다는 내 생각의 첫 작업이었다고 설명해야 되고, 文字들이 이젠 살 것 같다며 고맙다고 말했다는 것도 전해야 된다.

봄이 되면 사람의 몸 어디에 좋은 약인지 돋아나면 뜯기고 돋아나면 뜯기는 소리 없는 혈전을 치르는 마을 뒷산 약수터가의 홍장목나무에게 모두들 미안해하고 있다고 전해야 되고 죽자사자 그 싹을 뜯어 가는 거동이 몹시 불편한 노인의 그 느려진 生을 위해 모두들 두 손 모으고 있다고 전해야 된다.

나에게 이렇게 행복한 날이 준비되어 있는 줄 누가 귀띔이라도 해주었으면 살아온 날만큼 나는 소롯이 행복했을 텐데……. 아 지금 이대로 오래오래 살아 있고 싶다.

따뜻한 정서와 건강한 서정

선자들에게 마지막까지 남아 우열을 겨룬 작품은 「블라디보스톡의 황소」(조영석)와 「3월」(조윤희)이었다. 「블라디보스톡의 황소」는 "눈꽃 속에 묻힌 기관차가 황소를 끌고 간다"라는 첫 구절처럼 힘이 넘치는 시이고 근래 우리 시단에 보기 드문 건강하고 활달한 상상력을 구사하고 있는 작품이다. 그러나 그 넘치는 힘과 거침없는 상상의 폭을 세부의 묘사들이 착실히 받쳐주지 못한 점, 그리고 행이 계속될수록 시적 긴장이 급격히 이완되면서 다소 산만한 산문으로 떨어진다는 점이 이 작품의 결정적인 흠으로 지적되었다. 그러나 "황소가 푸우 푸우 쏘아올리는 입김"처럼 블라디보스톡의 평원을 광활하게 질주하는 그의 시적 상상력은 우리의 주목에 충분히 값했으며 뭔가 잘 다듬어지고 오밀조밀한 세목들만이 빛나는 요즘의 우리 시들에 경종을 울릴 만했다. 「3월」은 우리네 삶의 신산을 어느 정도 겪어낸 사람의 체험과 생활의 따뜻한 정서가 뭉클하게 배어 있는 시다. 전자에 비해 상상의 폭이 좁고 너무 여성적인 것이 흠이지만 언어들이 시 전체를 향해 꽉 짜인 밀도를 얻고 있으며 무엇보다 일관된 시적 절정을 향해 고개를 넘고 또한 적절히 가파른 숨을 몰아쉴 줄 아는 그 리듬이 자연스럽다. 그리고 거기 묘사된 생활의 세목들은 또 얼마나 친숙하며 따사로운가. 3월의 배냇잠 구석구석까지를 훑어내는 그 시적 촉각이 예민하면서도 신선하다. "나무껍질 같은 손으로 툭툭 좌판을 털면 울컥/일어나는 젖비린내"를 맡을 줄 아는 이 시인의 건강한 서정을 당선작으로 민다.

마지막까지 남지는 못했지만 「한낮, 그 푸른 의자」(유수연)와 「유목민들의 가면무도회를 위하여」(송기연)에도 우리는 주목했다.「한낮, 그 푸른 의자」는 함께 투고된「모시나비가 날아간다」와 더불어 흠없이 참으로 아름다운 시다. 그러나 아름다움은 아름다움일 뿐 어떤 시적 모험도 거부한 채 손쉬운 완성으로만 나아가려는 그 답보가 안타까웠다.「유목민들의……」의 송기연씨의 시들은 솜씨가 뛰어났다. 그러나 그 날렵하고 재재바른 컴퓨터 언어들에선 그 번다한 수다와 채치를 뒷받침해줄 삶의 엄숙한 무게들이 느껴지지 않았다.

심사위원 : 최동호 · 이시영

손택수

1970년 전남 담양 출생
경남대 국문과 졸업
1998년 국제신문 신춘문예 동시 당선
1998년 한국일보 신춘문예 시 당선
부산시 남구 용호3동 373－58번지
Tel : (051)628－2668

● 한국일보

언덕 위의 붉은 벽돌집

언덕 위의 붉은 벽돌집

연탄 떨어진 방, 원고지 붉은 빈칸 속에 긴긴 편지를 쓰고 있었다 살아서 무덤에 들 듯 이불 돌돌 아랫도리에 손을 데우며, 창문 너머 금 간 하늘 아래 언덕 위의 붉은 벽돌집, 전학 온 여자아이가 피아노를 치고

보, 고, 싶, 다, 보, 고, 싶, 다 눈이 내리던 날들

벽돌 붉은 벽에 등을 기대고 싶었다 불의 뿌리에 닿고 싶은 하루하루 햇빛이 묻어 놓고 간 온기라도 여직 남아 있다는 듯 눈사람이 되어, 눈사람이 되어 만질 수 있는 희망이란 벽돌 속에 꿈을 輸血하는 일

만져도 녹지 않는, 꺼지지 않는 불을

새벽이 오도록 빈 벽돌 속에 詩를 점화하며, 수신자 불명의 편지만 켜켜이 쌓여가던 세월, 그 아이는 떠나고 벽돌집도 이내 허물어지고 말았지만 가슴속 노을 한 채 지워지지 않는다 내 구워낸 불들 싸늘히 잠들고 비록 힘없이 깨어지곤 하였지만

눈 내리는 황금빛 둥지 속으로, 새 한 마리 하염없이 날아
가고 있다

이태리포플러

차도변 2층 목조건물 위에 음악학원이 있었다
오지 않는 버스를 기다리고 있으려면
소음과 분진을 적시며 다가오던 피아노음
알, 디, 라 은빛으로 사운대던 이태리포플러
그 풍성한 그늘 아래서 나는
어슬한 스무 살, 누가 부르는지도 모를
칸초네를 듣기 위해서 매번 차를 갈아타곤 하였다
언젠가는 포플러 가지들이 창문을 두드리자
세모난 유리창이 열리고, 물뿌리개를 든 하얀 손이
볼 붉힌 어린잎을 씻어주는 게 보였다
그러고 보니 몇 달 내내 비가 오지 않았구나,
푸른빛으로 변해가는 이국의 이파리
풍성한 건반을 치며 미끄러져내리는
가늘고 긴 손가락에 휘감겨
이태리포플러, 그와 함께 나도
떠나온 고향을 까마득히 더듬기도 하였던가
가끔은 하얀 커튼이 제 곡조에 맞춰
허공을 쓰다듬는 게 보였다
재개발된 뒤로 목조건물 음악학원은 사라지고
훌쩍 커버린 나무만 홀로 남게 되었지만

요즘도 나는 그 둥치에 기대어
오지 않는 버스를 자주 놓치곤 한다
올 여름은 너무 지루하다고,
소나기 한 차례 뿌리지 않는다고
투덜투덜 불어오는 먼지바람 속에서
딱딱한 껍질 속에 소절소절
수액처럼 젖어 흐르는
알, 디, 라…….

가을 가뭄

들꽃 무더기
고개를 꺾는다
먼지 바람 뿌옇게 일어서고
소아마비 앓는 나무들, 뒤틀린
뿌리 끝이 킁, 킁
물비린내를 맡고 있다

바닥을 드러낸
저수지, 여자는 이미
오래 전에 말을 잃었다
눈물 한방울까지 다 쥐어짜고
건조주의보가 내린 산야
잎새마다 불길이 홧홧
타들어가고 있는데

갈라진 살거죽
저 깊은 어디
진흙집에 든 붕어가
가쁜 숨을 쉬고도 있으리라,
깡마른 알몸 위에

그늘을 드리우며

좀더 아래로, 아래로
땅속을 헤집는 나무들
가을 가뭄에
뿌리가 깊어진다

완 행

직행은 서지 않는 외진 마을이다
건성으로 지나칠 수 없는 풍경들
길 가다 만난 박우물에 숨을 축이고
저녁밥 짓는 연기, 그 어진 손짓을 따라
별들도 도란도란 마실을 오는 모양

바람이 메고 가는 배낭, 구름을 따라왔다
등교길 개구리잡이, 꽃쌈, 숨바꼭질
어려서 지각하는 버릇은 여전하여
한눈팔며, 한눈팔며 어쩌면
끝이 없는 길을

새가 나는 길로, 샛길로만 빠져서
살아온 세월, 곁길살이
막차를 기다리는 동안
점점이 피어나는
불빛이 젖어든다

기다림만한 이정표도
다시 없다, 외투깃을 세워주며 가는

바람에 떨며, 더러는
직행보단 완행이 더 빠르기도 했을까

정류소 팻말도 없이
손을 드는 마음은 어느새
가지 뻗은 나무들을 닮아 있다

그렁댐

그렁댐을 아는가 그대
울지 마, 뚝! 그럼
뚝 위로 하염없이 흐르려는
눈물 꾹 눌러 참고

그렁, 그렁 반짝이는
밤하늘의 수력
발전소

그런, 그런 댐을 아는가
그대 꾸벅, 꾸벅 졸며 가는
발걸음 위로

마르잖는 슬픔 하나 길을 튼다.

페치카 공사

첫눈을 몰고 오는 바람 속에서 페치카, 공사를 한다 찰흙을 개고 짚을 뿌리고 얼맺힌 땀방울까지 얼만큼 섞어가며 잘 이긴 반죽 위에 켜켜이 벽돌을 올린다 지긋이 벽돌이 흙을 누르고 흙이 모른 척 벽돌을 물듯 한때 내게도 그렇게 한사코 떨어질 줄 모르던 살가운 사랑이 있었을까 눈보라 치는 한시절 살아가는 일이 더러는 식은 재 속에서 불씨 하나 더듬는 여윈 마음만 같아, 깨어진 벽돌은 다친 구석끼리 이를 맞춘다 틈틈 가스라도 샐까 몰라 조바심하는 시간, 흙이 마르려면 족히 사나흘은 걸릴 텐데…… 그러고 보면 마지막 공정은 늘 기다림인 셈이다 지난날 성급하게 달아오른 부젓가락으로 불을 땐 뒤 구석구석 금이 가고, 금을 비집고 나온 매운 연기에 고단하지는 않았던지, 눈보라가 꺾어둔 땔나무 가지라도 한 짐 구해둬야겠다 어디 가서 炭에 넣을 황토라도 몇 삽 퍼와야겠다 불땀을 돋우기 위하여 어쩌면 헛가지 위에 매달린 나뭇잎, 간신히 겨울을 나는 그리움도 몇 줌 던져주어야 할 테니, 이 산중에도 사람이 사는구나 굴뚝 연기에 모락모락 피어오르는 인기척을 찾아 몸을 녹이러 오는 바람과 별과 불씨 하나 품고 불의 시를 지펴갈 긴긴 겨울밤을 위하여

부질없는 결기를 돋우면서, 막막해하면서…

어깨 위의 지게 자국, 깊게 패인 꿈속에서도 한 짐 끄응 끙 힘에 부치신가. 아버지, 비탈비탈 비틀대는 벼랑길, 어디선가 사나운 모래바람이 인다. 갖은 속 말끔히 내어주고 마른 귤껍질처럼 형편없이 오그라든 어머니, 당신은 이 기나긴 겨울 또 누군가를 위해 알싸한 귤차를 끓이실 것이다. 그렇게 매운 고뿔 같은 세월을 온몸을 우려 다스리고 계실 것이다.

창밖에는 돌아온 탕아처럼 흐린 달이 선뜻 들어서질 못하고 오래 서성거리고 있다. 빨랫줄에 매달린 헐한 외투깃을 한껏 볼까지 곧추세운 채 안방에서 들려오는 잔기침 소리에 파르르 떨고만 있다. 얼마나 많은 길을 돌아온 것일까. 끝끝내 가 닿을 수 없는 쪽으로만 한사코 끝이 없이 걸어가던 나무들, 무엇을 외면하고 싶어 한 곳을 그리 뚫어져라 바라보았던 것일까. 완행에 실려 덜컹덜컹 비포장도로를 달려가던 숱한 밤들, 적막강산 제 슬픔에 취해 글썽이는 별들을 따라 허름한 여인숙 야윈 불빛 속으로 수줍게 뛰어들던 빗물, 내 살을 섞은 추억은 직행이 서지 않는 외진 곳에만 거했던 것일까. 잠시 숨을 죽이고 나면 언제든 다시 떠나곤 하였던 것을. 덧나는 시간, 아물잖는 노을 속으로 뿌리는 빗발을 뜻없이 재촉하곤 하였던 것을. 내가 사랑하다 그만둔 것들, 네가 그리워하다 영 잊어버린 것들, 그 끄트머리쯤에서 가까스로 주저앉은 이정표 밑둥이라도 튼실하게 박아두고 싶었다.

내란이 외침을 부르고, 외침이 내란을 부르던 어수선한 안팎을 떠돌면서 우리들 끔찍한 청춘도 가만 놓아주고 싶었다. 떠돎만이 나를 완성하리라, 길 없는 길들만이 나를 간단없이 고통받게 하리라, 부질없는 결기를 돋우면서, 막막해하면서…… 언 하늘에 밑줄을 그으며 날아가는 새들을 전송한다. 눈이 내릴 듯 흐린 나날, 까무룩 별들도 다 잠이 들고, 하염없이 멀어져가는 새떼, 달을 떠메고 어딜 저렇게 줄지어 가고 있는 것일까.

늘 함께하다 신세 망친 벗 인호에게, 낮술에 취해서 월영동 벚꽃길을 뻔질나게 드나들던 국문과 친구들에게, 장렬한 최후를 준비하고 있는 이장렬 형에게, 그리고 무엇보다 생각하면 말문부터 막혀오는 박태일 선생님께 고마움을 전한다.

손택수 147

이 어려운 때, 따뜻한 체온이 있는 시

손택수씨의 「언덕 위의 붉은 벽돌집」이 당선작으로 결정되는 데에 아무런 어려움이 없었다. 정작 짜증나는 고역은 예심없이 심사위원들에게 직접 맡겨진 수많은 응모작들 가운데 최소한 이만하면 '시'라 할 만하다는 명칭을 부여받을 수 있는 작품들을 골라내는 일에 있었다. 어떤 글이 시라고 불리워지기 위해서는 얼마간 산문적인 지상에서 스스로 떠 있어야 하는데, 그러한 시적 부력(浮力)을 대부분의 응모자들이 이해조차 못하고 있다는 것은 언제나 놀라운 일이다.

손씨의 작품 3편 외에, 정장훈씨의 「낚시터」외 2편, 이택광씨의 「녹」외 4편, 이호씨의 「사막 건너기 8」외 2편이 본심에서 언급될 만하다고 여겨졌다. 그들은 시 스스로 시를 유지시키는 힘을 터득하고 있다 하겠다. 거미집은 공중에 떠 있는 가장 가냘픈 건축이다. 그러나 그것은 바람에도 스스로를 유지시키는, 섬뜩한 집이다.

이호씨의 「사막 건너기 8」은 "깨어 있는 사람들의 잠 사이로 / 유형의 길 하나 만들기"에 의해 어떤 고단한 구도적인 삶을 시적인 그림으로 그려내는 데 성공하는 듯이 보인다. 이른바 '시적 형상성'이라는 점에선, "모든 빛과 푸름을 증오하는" 녹이 "붉게 세상을 차지하고 있다"고 노래한 이택광씨의 경우도 마찬가지다. 그러나 두 이씨 모두가 이런 시적 성취를 스스로 더이상 유지시키지 못하게 하는, 닳아빠지고 무지막지한 관념덩어리 밑에 짓눌려 있다는 것을 알아주었으면 좋겠다.

정장훈씨의 「낚시터」와 손택수씨의 「언덕 위의 붉은 벽돌집」은 어떤 관념이나 정서가 감각의 체로 잘 걸러진, 삶의 얼룩들로 어떤 의미심장한 무늬를 그려놓은 또 다른 한 예라 할 수 있다. 특히 정씨의 「낚시터」는 그 무늬를 팽팽하게 잡아당기고 있는 긴장감마저 느끼게 한다. "흐르는 물 속에 플러그를 꽂고 있는 손이 강의 전부인 물결에 감전되어 놓지 못한다"고 쓰는 것은 누구나 쓸 수 있는 표현이 아니다. 그 긴장감은, 그러나 보는 사람에 따라선 시적 자아의 감정을 잘 다스리는 미덕으로 보일 수도 있지만, 동시에 감정을 너무 틀어막아 버린 통에 시의 내면이 약간 공허하거나 무미건조해진 느낌을 준다고 생각될 수도 있다.

손씨의 작품은 언덕 위의 붉은 벽돌집과 관련된 어떤 추억을 모티브로 하여 전개되고 있는데 그것이 추억이기 때문이겠지만 시 전체에 따뜻한 체온을 남겨두고 있다. 물론 이러한 정서적 잔여에는 시의 도입부와 종결에서 명백히 드러나 있는 것처럼 얕은 감상주의나 키치의 냄새가 없지 않다. 그렇지만 그것을 상쇄할 어떤 시적 내공이 이 작품의 핵에 도사리고 있음에 틀림없다. 눈사람의 "만져도 녹지 않는, 꺼지지 않는 불"이라는 이미지의 모순어법을 중심으로 이 시를 읽어보면 그것을 느낄 수 있으리라.

우리 심사위원들은 선택을 해야 하기 때문에 손택수씨를 당선작의 시인으로 선택한 것만은 아니다. 지금처럼 어려운 때, 따뜻한 영혼이 속삭여 주는 시에 귀기울일 필요가 있다. 당선자의 정진을 바란다.

심사위원 : 신경림 · 오세영 · 황지우

•

김명국 문채인 손택수 송주성 신해욱 여 정 이병욱

이종수 조말선 조은길

•

1998년 신춘문예 당선시집

•

초판 1쇄 발행일 1998년 1월 15일

•

지은이 · 김명국 외

펴낸이 · 김종해

펴낸곳 · 문학세계사

•

주소 · 마포구 신수동 345 − 5 (121 − 110)

전화 · (02)702 − 1800, 702 − 7031 ∼ 3

팩시밀리 · (02)702 − 0084

출판등록 · 제21 − 108호(1979. 5. 16)

•

값 6,500원

•

ISBN 89 − 7075 − 120 − 3 03810